TIERRA FRESCA DE SU TUMBA

Charco Press Ltd.
Office 59, 44-46 Morningside Road,
Edimburgo, EH10 4BF, Escocia

Tierra fresca de su tumba © Giovanna Rivero 2020
© de esta edición, Charco Press, 2022

La matrícula del catálogo CIP para este libro se encuentra dispo-
nible en la Biblioteca Británica.

ISBN: 9781913867539
e-book: 9781913867546

www.charcopress.com

Edición: Carolina Orloff
Revisión: Luciana Consiglio
Diseño de tapa: Pablo Font
Diseño de maqueta: Laura Jones

Giovanna Rivero

TIERRA FRESCA DE SU TUMBA

CHARCO PRESS

ÍNDICE

Para Pablo, mi hermano menor,
que se comió su propia sombra.

LA MANSEDUMBRE

I

—¿*Era caliente el líquido viscoso que te dejaron ahí?*
—¿*Caliente?*
—*Tibio. Viscoso. ¿Era un líquido como la clara del huevo? La clara, Elise, cuando recién quiebras el cascarón...*
—*Sí. Creo que sí. No lo sé. Pensé que era sangre del mes.*
—*Y sin embargo no era. Era la semilla de un varón.*
—*Sí, Pastor Jacob. Digo la verdad.*
—*La verdad siempre es más grande que los siervos. Y más si la sierva se ha distraído, si no se ha cuidado como lo exige el Señor. Nosotros vamos a determinar cuál es la verdad. Según hemos grabado en tu primer testimonio, tú estabas sumida en un sopor extraño como si hubieras ofrecido tu voluntad al diablo.*
—*Yo jamás le ofrecería mi voluntad al diablo, Pastor Jacob.*
—*No digas "jamás", Elise. Somos débiles. Tú eres muy débil, ya ves.*
—*Yo estaba dormida, Pastor Jacob.*
—*Eso lo tenemos en cuenta.*
—¿*...Vendrá mi padre a la reunión de los ministros?*
—*No. El hermano Walter Lowen no puede formar parte*

*de la reunión. Ya la deshonra y la tribulación lo tienen muy
ocupado. Anda, Elise, dile a tu madre que traiga las sábanas de
esa noche, vamos a examinarlas. Que ya nadie las toque. Todo
es impuro ahora, ¿me entiendes?*

—Sí, hermano Jacob.

II

Su padre la mira por unos segundos y luego aparta los
ojos, avergonzado, piensa Elise, o enojado. O ambas cosas.
De inmediato vuelve a ocuparse del tema que los ha
llevado hasta allí, hasta esa villa en los márgenes de la vida.
Ese conjunto de casas no se parece en nada a la colonia.
Son construcciones dispersas, obstinadas en alcanzar
algún retazo de ese cielo sucio, sin pájaros. Dos o tres
horribles edificios de ladrillo visto y ventanas mezquinas
reinan en todo ese lodo. Elise mira sus zapatos y piensa
que debería quitárselos, cuidarlos mejor por si el pie le
crece. Tiene quince, es cierto, pero ha escuchado que a su
abuela Anna el pie le creció hasta que tuvo su primer hijo,
a los dieciocho. Ella es muy parecida a la vieja Anna: los
ojos casi transparentes, la frente redonda, como ideando
soluciones o alabanzas. A ella también, cuando canta, se le
brotan azules como riachuelos subterráneos las venas de
las sienes. Eso es cantar con amor, dice su padre. O decía.
Porque después del último turbión el mundo se precipitó
sobre ella.

Elise entiende palabras salpicadas del español que su
padre utiliza para hacer las transacciones con el indio.
"Tractor", "luna" y "quinientos pesos" es lo que Elise
comprende. Aunque no está muy segura de la última.
También podría ser "quinientos quesos". El año anterior,
cuando el turbión de junio desbordó el río y los cauces

2

artificiales y ahogó sin un ápice de piedad las plantaciones de soya, Walter Lowen, su padre, salió del paso aumentando la producción de queso. Ella le rogó con humildad que le permitiera acompañarlo a la feria de Santa Cruz para ayudarle a vender los quesos. Eran más de quinientos rectángulos perfectamente cuajados, con la mejor leche, apenas dorados por los pocos rayos de sol que se colaban entre las altas ventanas del galpón donde las mujeres se encargaban del desmolde. Esa vez comprendió poco, casi nada, de lo que su padre hablaba con los compradores. Algunos la miraban sin disimulo, tal vez elaborando razones genéticas descabelladas para entender los inquietantes ojos albinos, y murmuraban algo o le sonreían directamente. ¿Era bonita Elise? No precisamente, pero tenía que agradecerle al Señor la composición definida de su rostro, la manera en que el mentón se apretaba contra el labio inferior, un poco más grueso que el superior, y que era lo que según la propia abuela Anna le exigía ser más sencilla, protegerse mejor.

Protegerse. Contra el turbión que todo lo destruía a puro dentelladas de electricidad y agua. Protegerse, sí, ¡contra los designios del Señor! Y que Walter Lowen jamás la escuchara blasfemando así.

Aunque es probable que su padre también blasfemara. Lo había encontrado llorando con ira en los cobertizos, mientras les prendía fuego a las sábanas ensangrentadas cuando por fin se las devolvieron, después de días de discusión en la reunión de ancianos y ministros. Y llorando cuando en medio de la noche, como si fueran ladrones de lámparas, de luces ajenas, subieron las cosas más importantes al *buggy*: el cofrecito oxidado con los ahorros, los bolsos con ropa, el edredón de cuidadosos tulipanes bordados en puntos rellenos tan gorditos que provocaba tocarlos y tocarlos, los álbumes y los casetes con las imágenes y las voces de sus muertos. No eran ellos los que debían marcharse. Pero eran ellos los que se marchaban. "No miren atrás", les ordenó Walter Lowen, y entonces ella apoyó su cabeza cubierta únicamente con la pañoleta sobre el hombro blando de su madre y se concentró en el traqueteo del *buggy* que registraba, bajo sus ruedas de hierro, cada bache, cada uno de los tajos que el turbión había hendido en los caminos. Su cabeza contra el pecho oloroso a suero, a cebolla y vainilla de su madre, el deseo más fuerte que su joven espíritu de dejar todo atrás, de no mirar, como exigía Walter Lowen, que repitió justamente eso, "no miren atrás", hasta que la frase no tuvo sentido porque ya otro pueblo con sus tentaciones modernas comenzó a prefigurarse inevitable en lo que debía ser el horizonte.

III

—*Mientras el diablo te poseía, Elise, ¿te decía algo? ¿Te susurraba cosas al oído? El diablo susurra. Su voz no ha de haberte parecido muy autoritaria, ¿verdad? El diablo seduce.*

—*¿El diablo me ha seducido, Pastor Jacob? Es que yo pensé que era el hermano Joshua Klassen. Creo que tenía sus ojos y el lunar de arroz cerca de la boca... Yo pensé...*

—*¡Cuántos detalles, Elise! Pero dices que "crees". El diablo hace esas cosas en la imaginación cuando la imaginación se rebela, y somete también a la observancia, al temor de Dios. Tus padres, Elise, ¿en qué andaban? Hemos sabido que el hermano Walter Lowen intentaba firmar unos tratos con un supermercado en Santa Cruz. Si él hubiera repartido esas tareas con la comunidad, habría cubierto todos sus deberes. El hambre de posesión le ha corroído la templanza. Tus padres no han vigilado tu educación, Elise. Ellos han fallado en mantener la disciplina bajo su techo; ellos también son responsables de este episodio de* *maldad. Eres una víctima de las tentaciones del mundo y por eso los ministros hemos clamado al Señor por piedad. Piedad para ti, pequeña Elise, y piedad para tus padres y hermanos que están tan avergonzados.*

—¿Qué pasará con nosotros, Pastor Jacob?

—Tienen que recogerse mucho, Elise. Hay que mirar adentro, a las cosas del hogar. Por un tiempo no trabajarás en la tierra ni en la quesería de tu padre. Puedes perfeccionar otras virtudes, Elise. La asamblea va a hacer algunos negocios con la gente de Urubichá. Ellos tejen hamacas coloridas, pero son malos con las flores, con las representaciones de la naturaleza, que es siempre el mejor adorno. Tú puedes tejer o bordar piezas así, modelos humildes y armoniosos que agraden al Señor. Todo desde la cabaña. Ahora tendrás que cuidar ese fruto, ¿verdad?

—¿Este… fruto?

—Es tuyo, Elise. Si el Señor permite sus latidos en tu seno joven, hay que dar gracias. Es fruto de tu cuerpo.

—Pero… ¿acaso este fruto no es del diablo, Pastor Jacob? ¿No es el fruto de esa seducción que usted dice?

IV

El terreno al que se mudaron es vecino de esa villa. No tuvieron que llegar a levantar cabañas porque antes de ellos habían desertado los Welkel y fue ese clan el que los acogió mientras construían sus propios cuartos. La mano derecha que ayuda a la izquierda. Nadie ha prohibido que lo digan: "hemos desertado", no es necesario mentir. Elise todavía extraña la luz brillante de Manitoba, pero este sol atónito tampoco les ha permitido esconder ningún secreto. No es un éxodo más, es una fuga. Comienzan otra historia. Un día dirán: Mateo Welkel respaldó a Walter Lowen con los trámites del crédito y la compra de un tractor. Ese fue el génesis. Antes del turbión, después del turbión. Y luego el tractor.

Desde hace tres meses, a riesgo compartido, comenzaron a alquilar la maquinaria y su propio trabajo a las obras que proliferan en la zona. Es increíble cómo aquel tractor con fantásticas ruedas de goma puede alzar tales cantidades de material. Hay algo de conmovedor en la fuerza empecinada del tractor arrastrando los residuos de un lado para otro como lo haría una bestia. ¡Es un verdadero Goliat! Cuando los contratos concluyen y la bestia duerme su cansancio, los quince chicos Welkel, excepto Leah Welkel, se montan presurosos en ese trono alto de comandos y palancas. Leah los mira desde abajo y se despide de sus hermanos con exagerados gestos e infinitas bendiciones como si el tractor fuese a alzar vuelo en cualquier momento hacia un lugar del universo donde solo van los varones.

—Ven, Leah —la llama Elise.

Elise prefiere dejar que Leah le haga un dédalo precioso de trenzas en su pelo rojizo.

—¿De dónde has sacado este pelo, Elise? —pregunta una y otra vez Leah, como si Elise no le hubiera explicado incontables veces que ella es el espejo en el tiempo nuevo de su abuela Anna, que en el clan de Canadá las mujeres nacen con esas hebras casi púrpuras. Pero a Leah Welkel hay que tenerle paciencia porque pertenece a ese tipo de seres humanos que nace con dificultad para guardar en la cabeza tantas cosas que ocurren en una jornada. También el mayor y el séptimo de los Welkel son incapaces de atesorar la realidad en su cabeza. Dios los ha querido pobres y pequeños en todo aspecto. Es el precio de haberse quedado en la misma colonia por tanto tiempo, generación tras generación. Finalmente te casas con tu primo, aceptas que parte de tu cosecha se dañará, renuncias a la perfección.

A Leah también la han poseído, y Leah le ha contado que lo mismo ha sucedido con dos de sus hermanos. Su padre les ha ordenado no hablar de eso, purificar la herida con el silencio.

—Pero yo no sé cómo ser obediente —le ha dicho Leah con los celestes ojos húmedos, llenos de culpabilidad.

Elise no siente más pena por la estupidez santa de Leah que la que siente por sí misma. Sentir pena por uno mismo es un modo en que la soberbia, el más fino de los pecados, se escurre por los resquicios del alma, dijo en una prédica el Pastor Jacob, pero Elise no puede evitarlo. En algún lugar tiene que haber misericordia para ella. Al Pastor Jacob no lo han poseído. El Pastor Jacob no se quedará solo por el resto de su vida, larga vida, porque su mujer le ha dejado esa descendencia vasta. Elise, en cambio, tendrá que cuidar de sus padres hasta el final, especialmente porque el Señor ha segado el vientre de su madre y ella, Elise, es la última Lowen de Manitoba.

—No tendrás esposo, es verdad —le dijo durante su primer testimonio el Pastor Jacob, apretándole los hombros—, pero tendrás un hijo, un fruto.

A la pobre Elise se le estremecieron sus pezoncitos cuando el Pastor Jacob la sentenció de esa manera. Miró a los pájaros y solo vio orgullo y belleza en su vuelo alto. Miró a las vacas, sus ojos lánguidos y piadosos, y se sintió mejor. Si no fuera pecado, si todo no fuera pecado, se habría sentado a mugir allí mismo, en medio de la granja. Sí, porque aunque en ese momento no lo sabía, de entre todas las cosas, eran las vacas las criaturas que Elise iba a extrañar con el corazón hecho un escarabajo. No a esos ruiseñores sin alma ni a los árboles colosales y de panza inflamada como una hembra encinta.

V

—Elise, nos hemos equivocado. Tú no eres la única muchacha que ha sido tomada durante la noche.

—¿No?

—Hay muchas otras, Elise. Muchas. Esto es una terrible abominación.

—¿Y qué van a hacer para procurar justicia?

—Tenemos que reunir fuerzas, Elise. El consejo de ancianos ayunará. Las madres ayunarán.

—¿Y después del ayuno, Pastor Jacob?

—El ayuno nos dará luz, Elise. Que no te gobierne la desesperación. El diablo se aprovecha de esas miserias.

—Pero si la comisión ya sabe que no ha sido el diablo, ¿verdad, Pastor Jacob? Ha sido el hermano Klassen, en mi caso. O entonces, ¿por qué lo han enjaulado? ¿Y las otras, Pastor Jacob? Margareta, Katarina, Aganetha y Lorrae acusan al hermano Dick Fuster.

—El diablo se apodera de nuestras voluntades, Elise, pequeña. ¿Acaso tus padres no te han enseñado eso? Yo mismo, en la prédica, ¿no les he advertido de las trampas del diablo? El hermano Klassen ha caído, igual que tú, igual que Katarina, que Aganetha o que el hermano Fuster. Nos ha faltado observancia.

—Pastor Jacob…

—Dime, Elise.

—Van a castigarlos, ¿verdad?

—Tendrán que hacer mucha penitencia, sí. Tendrán que trabajar mucho para la comunidad, mucho más que los otros hombres…

—Pero van a castigarlos, ¿no es así? La penitencia no es un castigo, Pastor Jacob.

—Estas querellas intelectuales en tu mente joven son ociosas, Elise. En adelante conversaré con tu padre únicamente. Ya tenemos todos los testimonios que necesitamos. Tus palabras, ya *las tenemos. Tú y las otras estaban dormidas. El Señor las ha bendecido con ese sueño profundo para que no haya traumas, para que perdonen sin dificultad. A todos nos duele esta tragedia tanto como a ti, Elise.*

—*¿Tanto como a mí, Pastor Jacob?*

—*Vete, Elise Lowen. Entra a casa y ayuda a tu madre.*

VI

Esta vez, lejos de las leyes de Manitoba, Walter Lowen ha permitido que Elise lo acompañe a las obras que dirige el indio, mientras el resto de las mujeres hornea galletas y desmolda quesos —ahora no muchos— en un cuarto tan pequeño que es imposible no salir hediendo a ese aroma dulcemente agrio de las vacas.

El indio y su padre han trabajado todo el día, turnándose para excavar y remover la tierra que brota y brota inagotable del pozo que se va formando. Elise se acerca de a ratos y espía esa tripa angosta y siente angustia y vértigo, entonces se acomoda el sombrero de paja encima de la pañoleta y vuelve a sentarse sobre los materiales de construcción a mirar a los dos hombres. Qué pálido y qué alto se ve su padre junto al hombrecito de facciones contundentes, los pómulos desafiantes cual piedras ígneas que el sol fuera a rasgar a fuerza de luz. Que su padre hubiera llorado en la cabina telefónica mientras marcaba el número de Canadá de la abuela Anna le parece ahora increíble. Entendió que la vieja Anna dijo: "tienes que hacer algo". Así fue como en la madrugada subieron las cosas al *buggy* y no miraron atrás.

Cuando el pozo es ya un cilindro negro, una obra bien hecha, los dos hombres beben la limonada que les ofrece Elise. Huelen a animales, a las vacas que los granjeros traían de regreso después de aparearlas, no una, sino muchas veces. El trabajo hace eso, saca todo lo de animal que el Señor ha permitido que permanezca en nosotros, pero también lo purifica. Elise siente náuseas y le pregunta a su padre si puede regresar a la casa; sabe que pregunta una idiotez, que no se le permitiría caminar sola en ese mundo de lodo al que se han mudado; pero es que sus vidas mismas han cambiado, no pueden negarlo, y quizás Walter Lowen ahora decida que lo importante es sobrevivir, estar juntos, perdonarla inclusive. Pero Walter Lowen le ordena quedarse. El indio y él esperan a una tercera persona y Elise debe acompañarlo hasta el final, hasta terminar la jornada. ¿No es eso lo que ella quería? ¿No es esto lo que deseas, Elise? ¿Ocupar con hidalguía el lugar del hijo varón?… No importa si estás preñada, mejor aún si estás preñada de un niño. Un pequeño Lowen. Necesitaremos muchos cuerpos para sacar adelante estas vidas en Santa Cruz, para mantenernos fieles a Dios cuando todo está en contra. Y es que, aunque parezca increíble, en la ciudad Dios se debilita, se asusta, se arrincona en la oscuridad de los actos.

Elise se incorpora, se alisa el vestido de flores gigantes y mete su nariz en los bordes de la pañoleta que, además de cubrirle la cabeza avellana, casi púrpura, le da una vuelta al cuello; supera las náuseas; se acaricia instintivamente el bulto que le sembraron adentro, ella en la profunda inconsciencia, como una anunciación bastarda.

El indio le mira el vientre por un instante y luego parece olvidarlo, distraído por el breve desfile de colegialas que a esa hora salen o se escapan descosidas y exultantes de las aulas. También Elise se olvida por un rato del bulto vivo que le come la juventud desde dentro, allí donde nadie nunca había estado antes, no hasta esa noche, después del turbión. Mira a las chicas con sus uniformes blancos y azules y siente sus risas como agujas de oro bordando texturas invisibles en el aire, flotando sobre la música de sus celulares, una música que es una vibración furiosa y feliz. Mira sus zapatos deportivos, sus pantorrillas bronceadas, las melenas cortas, las mejillas altas, sin pecas, solo rubor y una intensidad desconocida. Y en esa contemplación se sabe absurda y sola.

Walter Lowen, en cambio, no se distrae. Es un hombre todavía joven, acostumbrado a transacciones rápidas y a llevar cuentas muy claras. Igual, Elise intuye una inquietud, un nerviosismo distinto en los gestos rudos de su padre. No encuentra entre las palabras que va aprendiendo en español ninguna que le permita comprender la conversación entre los dos hombres. No puede saber que, en cierto modo, ahora hablan de política.

–¿No tienes miedo de que venga la prensa? Los periodistas son bien metiches –dice el indio. Con la boca apretada mastica bollitos de coca que saca de una bolsa de plástico. También a eso huele aquel hombre. Desde que lleva el bulto adentro, moviéndose con un regocijo que le va partiendo las caderas adolescentes, para Elise todo es olor. Pero el olor del indio, de su boca oscura exprimiendo el jugo vegetal, le gusta. Huele a bosque. A un bosque sucio y hondo.

–Por eso hemos desertado también –explica Walter Lowen–. Es una vergüenza –dice, moviendo la cabeza para espantar a los cuervos invisibles de los recuerdos.

–En tu religión está prohibido matar, ¿no? –dice el indio casi sonriendo, los dientes fuertes manchados de aquel bosque agrio.

–Esa potestad es de Dios nomás, eso te enseñan, así aprendemos toditos –dice Walter Lowen.

Al indio le causa gracia el acento fuertemente oriental del menonita, las palabras mutiladas por la respiración llena de oxígeno. *¿Cómo sería Walter Lowen de haber llevado a su familia a un pueblo montañoso? A El Alto, por ejemplo. Allí* *nada habría quedado impune. Los hombres se habrían alzado llenos de coraje y hambre de lobos, y las mujeres, esas peor, esas sí. Gasolina, kerosene, alcohol, palos, dinamita, piedras, lo que sea habrían agarrado para hacer justicia. Y el culpable, ¡ay del culpable!, convertido en inmensa antorcha de redención, habría clamado piedad hasta que se le reventara la garganta mientras las gentes le espetarían su delito. Pero estos menonitas cambas confían demasiado. A lo mucho, como este señor, el Walter Lowen, desertan, según dice, como si fuera soldado de la Guerra del Chaco. Pero la Pachamama no entierra así nomás el pasado. Ni aunque sean alemanes cambas, o de dónde serán pues, pero ni así se hace tres cruces al daño.*

—Yo primero pensé que habías desertado por el gobierno. Ahora ya no es posible tener tanta tierra para uno solito ni aunque seas un grupo grande como los menonitas —dice el indio—. En el Paraguay también les han expropiado. Antes, claro, ustedes los gringos de las sectas llegaban invitados por los gobiernos. El MNR ha sido el más abierto. El Víctor Paz Estenssoro, con su Revolución de la Reforma Agraria del 52, ha repartido tierras como si fuera chicha o singani. Toma, para ti, a los japoneses; toma, para ti, a los menonitas. Obreros en las minas, campesinos a sembrar, diciendo. Claro que eran tierras cerradas, ¿no? Bien duro les ha tocado a ustedes trabajar la tierra, doblegar la selva, abrir caminos, alzar sus casitas, ¿no? Pero si te das cuenta, señor Lowen, no hay mal que por bien no venga; así es nomás, ¿no? Lo que le ha pasado a tu hija te ha obligado a salir como alma que lleva el diablo —ríe el indio de su ironía, contento de esa sagacidad cultural que le nace de algún lugar más profundo que su propio temperamento.

—Ha sido una tragedia…

—Discúlpame, señor Lowen, pero es verdad. Has dejado tu Manitoba justo antes de que llegue el gobierno a parcelar esas tierras. Bien lindas deben ser esas tierras.

Bien a tiempo has desertado, señor Lowen. Bienvenido a esta parte, señor Lowen —ríe el indio, a tiempo de meterse otro bollo de ese oro verde maravilloso que a Elise le produce tanto deseo. No ser vaca y comer loca de alegría el pasto tierno de las praderas.

VII

"Serás mi mujer, Elise Lowen. Cuando yo quiera. Como esta noche. Hoy eres mi hembra. Yo entraré en ti en las noches, en tus sueños. Vendré siempre y me llevaré tu aliento. Qué tibio es tu aliento. Y el sabor de tu cuello".
    —Elise, Elise, levántate, Elise.
    —¿Madre?
    —¿Con qué soñabas, Elise? Ya no sueñes así, hija mía. Olvida, olvida.
    —Madre...
    —Nos vamos, Elise. Ayúdame. Recoge la ropa. Mete nuestros zapatos en una caja.
    —¿Nos vamos? ¿Adónde?
    —Lejos, Elise. A Santa Cruz. Allá vas a parir.

VIII

Este es, dice Walter Lowen, señalando con su mentón rubio al hombre de overol azul que se acerca. El indio se mete otro bollo de coca, Elise también quisiera meterse algo a la boca, un bosque completo, hojas y flores, espinas incluso, para aquietarse ella y aquietar al bulto que ahora se ha ensañado con su pelvis golpeándola con terquedad, como si el cuerpito de la joven no fuera hogar suficiente para nadie, como una asfixia que crece adentro y afuera. Es que Elise ha reconocido al hombre del turbión. Es decir, no lo ha reconocido, no debería reconocerlo, no tendría cómo, pero el lunar de arroz de ese hombre le sirve como esos puntos desde los que se comienza un dibujo. Es su miedo el que completa los rasgos de aquella cara tan cerca de la suya. No confía en sus recuerdos y sin embargo todavía siente el aguijón que le parte el pecho y permite que un vendaval negro la atraviese, rasgándola como se rasga un corte de tela, de extremo a extremo, sin posibilidad de volver a zurcirse. Recuerda que ella dormía, cansada de acarrear los moldes de queso del galpón al comedor de la cabaña, pues el río descuajado por el turbión avanzaba como un demonio, un monstruo que se rompía en mil tentáculos de agua, metiéndose en los galpones. Las cabañas se salvaban porque estaban sostenidas por fortísimas estacas que los hombres de la comunidad habían anclado en las colinas, ayudándose unos a otros. Ella dormía, sí, cuando ese olor pestilente, esa mezcla de veneno, detergente y sudor, la tomó como un vaho, el vaho de azufre que el Pastor Jacob decía que el diablo dejaba al pasar.

¿Te gusta esto, Elise? ¿Lo habías hecho antes? Ni en sueños, ¿verdad?

Walter Lowen tuvo que aceptar que su hijita, la virgen Elise Lowen, había sido la elegida del enemigo. Era una prueba para todos. Al principio, Elise no negó, no corrigió, no compartió sus sospechas. Luego se impuso la visión de Joshua Klassen rociándole el espray que usaba para dormir el ganado cuando lo intervenían, ya fuese para castrarlo, curarle los cascos o arrancarle terneros muertos. Fue él, dijo entonces Elise. Pero el rumor de que el diablo había instalado un reino temporal en Manitoba era ya una verdad inmensa, como verdad era la media luna de su pancita de niña.

¿Lo habías hecho antes?

Pero allí está otra vez, Joshua Klassen. Allí, como un fantasma olfativo, la estela nefasta de ese espray narcotizante que esa noche aplastaba para siempre la dignidad de la cabaña Lowen.

Serás mi mujer. Yo entraré en tus noches, en tu cuerpo, en tu cuello. Siempre. Entraré, Elise. Y toma la mano joven de Elise y con ella se rodea el miembro hinchado, la obliga a conocer, incluso en la inconsciencia vil, que es en ese áspid donde el diablo fermenta lo suyo. *Hueles a ternero, Elise. Así me gusta. Así. Y tu llanto, Elise, cuánto me enciende. Anda, llórame en la oreja, ternerita Lowen.*

No, no es la conciencia de Elise la que recuerda a Joshua Klassen suspendiéndole el camisón, quitándole el calzón de hilo, ensalivando su vulva apretada, montándola como una vez ella misma lo había sorprendido, qué horror, haciéndoselo a la pobre vaca de los Welkel, a la que ella secretamente llamaba "Carolina", como en un cuento canadiense que le había narrado la vieja Anna, advirtiéndole, eso sí, que era un agravio darles nombres a los animales porque el Señor los había puesto sobre la faz de la tierra para que el hombre los dominara. Y sí, Joshua Klassen había dominado a Carolina con la misma asquerosa lascivia con que la había tomado a ella en el sueño de azufre. *Entraré en ti como he entrado en Carolina. Vas a mugir en mi oído, Elise Lowen.*

De modo que no entiende por qué su padre, Walter Lowen, la ha obligado a quedarse. ¿Acaso busca que ella pida perdón por su pecado, por la vergüenza, por la deserción? ¿Que aclare que no fue ella quien cayó en la terrible tentación, en la trampa hedionda de espray y baba, y que sus susurros le produjeron asco aun en la inconsciencia? No está bien que Elise sienta lo que siente, pero el relámpago de la abominación la hace desear ser hija del indio. Cuánto mejor protegida se habría sentido.

Elise, sin embargo, se aferra a su última mansedumbre cuando Walter Lowen le pasa la mano por la espalda, sosteniéndole suavemente esa columna de muchachita que va cediendo, curvándose ante las demandas del útero crecido. Confía en él y en lo mucho que su padre la ama. Por otra parte, lo conoce muy bien y sabe que es capaz de dar la otra mejilla sin pestañear. Como cuando invitó a cenar en su propia mesa al ladrón que le había arrebatado la mochila con la ganancia de seis meses. Le pagó al viaje desde Santa Cruz hasta Manitoba e hizo servir abundantes platos. ¿Para demostrar qué? ¿Que Dios lo había bendecido con un espíritu más generoso? ¿Que tenía la habilidad de convertir una ofensa en amistad? "Solo se trata de dinero; no me ha robado nada importante", explicó Lowen en esa ocasión. Esta vez no se trata de dinero y, de todas maneras, su padre está dispuesto a entregar de nuevo esa mejilla tantas veces lastimada. Esta vez se trata de ella. En todo caso, piensa Elise, conteniendo las ganas de llorar, es su mejilla, es su vientre, es su futuro agraviado, embarrado, sucio. Elise mira turbada a su padre, quiere que él le explique por qué ha citado al hermano Klassen a esa absurda reunión. Por favor, que le explique.

Ajeno a esas ideas que pelean como aves carroñeras en la cabeza de Elise, Walter Lowen mira fijamente a Joshua Klassen y le da la bienvenida. En *plautdietsch* le dice:

—Qué bueno que has venido, hermano Joshua, hoy vamos a hacer negocios.

Y Joshua Klassen sonríe y se atreve a sonreírle a Elise sin ceder ni por un segundo a bajar la vista hasta ese vientre en el que ha dejado una semilla indeseada. Pobre Elise, pobre Carolina.

El indio también se acerca. Le extiende la mano al recién llegado.

—Así que tú eres el Joshua —Sonríe el indio. Elise

comienza a simpatizar con esa sonrisa, comienza a comprenderla. El lodo, los horribles edificios de ladrillo visto, esa naturaleza urbana de árboles amarillentos, ya no le parecen tan feos. Hay algo que el indio puede hacer por ella, por los Lowen, intuye Elise.

—Este es el negocio —comienza su explicación el indio, invitando a los menonitas a acercarse hasta el pozo de tierra todavía fresca—. No puedes levantar nada próspero, ni una humilde choza, si no pides perdón.

—¿Perdón? —Enarca las cejas Joshua Klassen—. ¿Perdón a quién? —Mira furibundo, colorado, al hermano desertor, con el que quizás no ha debido reunirse ahora que toda la colonia se avergüenza de su cobardía. Huir, huir de su destino. ¡Vaya hijo de Dios!

—A la Pachamama, pues, ¿a quién más va a ser? No es nomás pedirle solidez para el cimiento, ¿no? Hay que ofrendarle algún fruto, un feto de llama, unos caramelos, ¡algo! —Se ríe el indio con convulsiones de felicidad. Elise quiere volver a sentir eso, las cosquillas, los pulmones a punto de explotar porque la vida entera es demasiado brillante para soportarla en su desnudez.

Joshua Klassen se contagia de la risa portentosa del indio. Elise lo ve temblar en esa risa prestada, embriagándose de algo, de un bienestar inmerecido, supone, tambaleando el enorme cuerpo al que su padre no ha sido capaz de enfrentarse, las manos velludas, *todo lo de animal que el Señor ha permitido en nosotros*. Elise lo odia. Quizás por eso no puede distinguir el destello de felicidad cuando los hechos se desencadenan perfectos en su violencia, súbitos y hermosos en su sencillez: el indio, todavía riendo, empuja a Joshua Klassen al pozo hondísimo, mientras Walter Lowen, desertando una vez más de su propia salvación, se sube de un salto al tractor y comienza a devolver a las fauces de la obra lo que le han usurpado durante toda esa jornada. Montón a montón, la tierra va cubriendo los gritos, primero iracundos, incrédulos, luego desmadejados, de Joshua Klassen.

—Sacrificio es —dice el indio, mientras rocía su hoja de resina apetitosa sobre esa improvisada *chullpa*—. Tranquila estarás, Pachamama —parece que reza—. Sacrificio es —dice.

Elise no sabe qué significa esa palabra en español, "sacrificio", pero no es su conciencia la que necesita entender, sino su corazón de chica. Ese corazón asustado que ahora la obliga, como un animal fiel, a estirar sus manos blancas y callosas y tomar puñados de tierra, con cuidadito, con furia, quebrándose las uñas. Mira esos puñados como si fuera la primera vez que entra en contacto con la consistencia granulosa de su materia y los arroja sobre el promontorio como una ofrenda propia, un ramito de flores sucias y preciosas. Por ella, por Leah Welkel y por Carolina. También por Carolina.

PEZ, TORTUGA, BUITRE

*Mover las sombras es lo que se hace
cuando no es posible discernir lo que
está pensando el adversario*

Miyamoto Musashi

Cuénteme más, dice ella, acercándole el plato con tortillas como si con esa masa tibia y olorosa estuviera pagándole el relato.

Ya le he dicho todo, suspira Amador.

Dice que bebían esa sangre. Dice usted que mi hijo no quería beber de esa sangre.

Era sangre cuajada, casi peor que el orine, señora, sonríe amargamente Amador.

Eso o tomarse lo de uno mismo… Pobre mi hijo.

Amador alza una tortilla y la parte con cuidado, casi se diría que con ese gesto místico que adoptan los curas en la consagración del pan. No puede evitar cerrar los ojos por unos segundos mientras mastica. Lo hace desde que pudo comer algo distinto a los peces empalagosos que atrapaba en las cuencas de las manos. Cerrar los ojos y masticar.

Y pobre usted también, claro. Solo que usted está vivo, ¿sí me entiende? Pero bueno... Y dígame, ¿están buenas las tortillas?

Muy buenas, señora. Yo le agradezco mucho su invitación. Sé que usted quisiera que, en esta silla, en lugar de mí, estuviera sentado su hijo, platicándole de las cosas del mar, de lo bravo que puede ponerse un tiburón. Pero no está. Esa es la pura verdad. Estoy yo. Y está usted, que es tan amable de invitarme a comer aquí, ¿no?, de prepararme tan amablemente estas tortillas... Mire, lo siento mucho...

Ni se preocupe, Amador. Mi dolor es mío nomás. Es el luto de una madre, ¿sabe?

Para mí, le juro, lo más difícil fue tirar el cuerpo al mar. Perdone que se lo diga así, a lo crudo... Más bien que se lo puedo contar ahora sin largarme a llorar como un cipote. Ya puedo hablarlo. Es la terapia. El gobierno me paga una terapia. La doctora me hace muchas preguntas, se queda callada con paciencia, me pregunta qué sueño y yo le cuento que el mar vuelve, que regresa como un pájaro gigante, que mi garganta se va sellando como con pegamento de zapato, que yo...

¿Qué día tiró usted el cuerpo al mar, Amador? ¿Cuándo fue eso? ¿Rezó? ¿Por lo menos, rezó?, insiste la mujer con los ojos húmedos, pero que no desaguan una sola lágrima, como si ella tuviera la potestad de administrar el alivio o la penitencia del llanto. Así, vestida de un negro riguroso, es difícil saber la edad de esa señora. Elías Coronado era joven y decía que su madre lo había parido en la madurez, que lo consideraba un milagro.

Amador quiere irse. Todavía desea masticar más tortillas. Las tortillas y la comida en general le recuerdan que está vivo. Pero es mejor irse. Hace una semana que se aloja en un hostalito del pueblo pesquero solo para cumplir la promesa que le hizo a Coronado durante los días de largas conversaciones. Fue bueno conversar con el muerto. Con ese chero se podía conversar de todo. Ahora sabe que tenía quince años apenas, pero en la cooperativa se había registrado de dieciocho. Era leído Coronado, siempre tenía algo curioso para contar. Del Estado Islámico, de leyendas japonesas de otros siglos, de la bacteria comecarne, de la migración de los pájaros. Lástima que no se hubiera informado sobre formas de supervivencia en un naufragio. Ahí sí se le fueron las patas. Si uno tiene que enseñarse a todo, a pelearles las sobras a los perros si es preciso.

En el hostalito, Amador ha estado durmiendo con las ventanas cerradas. No ha querido escuchar el oleaje del puerto. Ese siseo de víboras se le entra por los oídos y le arma pesadillas terribles. El hambre expandiéndose por dentro como un globo de helio, un animal hecho de vacío, un animal ciego que le quema las tripas, que lo cubre de miseria. Y el sol desmoronándose sobre él con toda su maldad.

Pero en dos días se va. No a su país, allá no vuelve ni amarrado. Esa mierda sigue yuca. Ha comprado una casita en la parte más tranquila de Michoacán, en las montañas, donde el viento domina al sol y llueve cada dos por tres. Si va a haber agua, que sea de arriba, sencilla. De hecho, ha venido a la casa de la madre de Coronado en esa parte sucia de Costa Azul para dejarle un cheque, la mitad de lo que ha recibido del periodista famoso que escribirá su historia. Es también la historia de Elías Coronado, aunque esté muerto.

Muerto.

Eso se dijo muchas veces Amador mirando el cuerpo quieto de Coronado, sin la lucidez suficiente para percibir con claridad el modo en que el vientre se le iba hinchando, ya no de hambre y jugos gástricos desesperados, sino de puritita muerte. No supo cuándo la cara del muchacho se puso así de rígida, pálida, aunque el sol siguiera cayendo en picada sobre la piel.

¿Es lindo estar muerto?, le preguntó como al tercer día de su muerte, que quizás sería apenas el día número 98 del viaje. Como un reo, marcaba en la pared interna de la proa cada aparición de la luna. Confiaba más en la luna que en el sol, porque esa luz era venenosa y lo hacía alucinar.

Coronado se incorporó. La boca cuarteada hizo un esfuerzo por sonreír.

Sos un hijuepeta egoísta, sollozó Amador. Quiso abrazarlo o refugiar su cabeza en el pecho del muerto, pero Coronado había vuelto a recostarse sobre la madera húmeda de la embarcación. El sol no lo molestaba. No fruncía los ojos ni levantaba el brazo para cubrirlos. Parecía feliz.

Amador se acercó a Coronado y lo sacudió un poco. El cuerpo era liviano, aun cuando Amador no tenía ánimos de usar sus fuerzas, las pocas que le quedaban y con las que degollaba a las gaviotas para chuparles, ya sin asco, la sangre pegajosa.

Amador le suspendió la camiseta, esa que él le había bromeado al subir a la embarcación porque ponía en evidencia la juventud del muchacho, su ingenuidad conmovedora de principiante declarándole al mundo el orgullo de pertenecer a los "tiburoneros". La cooperativa vendía esas camisetas a los turistas, pero eran pocos los pescadores que las usaban. El algodón no era bueno en el mar. El sudor ponía pesada la prenda y, si corría brisa dura, seguro pescabas, en lugar de un tiburón, una buena gripe. Pero Coronado había comenzado a trabajar desde hacía poco más de un mes y seguramente le había parecido que esa camiseta lo legitimaba, igual que a un futbolista suplente.

Amador se asombró de que un hilo de vellos le ascendiera al muchacho hasta el ombligo. Era flaco y, exceptuando el vientre inflamado, ahora se diría que esquelético por culpa de todos esos interminables días en que se había negado a comer las algas podridas, los pocos peces y las tortugas medianas que su compañero de viaje y naufragio cazaba, porque eso era cazar y *no pescar, hincándole la uña en la cabeza a las parlamas cuando rebotaban contra la lancha y mordiéndoles el pescuezo a las gaviotas para terminar de degollarlas con las manos. Al comienzo usaba el cuchillito, pero temía perderlo en esa guerra constante con el agua. Debían preservarlo en caso de que hubiera que soltar las boyas para alcanzar alguna costa. Coronado no colaboraba. Y aquí estaba, poniéndose verde como si no le importara nada. Era cierto que ahora sus brazos laxos no oponían resistencia, pero seguía siendo difícil para Amador estirar la camiseta tan pegada a la espalda mojada del muchacho. Tuvo que levantarlo un poco desde esa parte en que la columna se angosta, y la sensación de estar cometiendo algo lascivo, lo que haría con una mujer, lo estremeció. Amador mojó la camiseta de Coronado y se la ató en la cabeza. Total, así bien muerto, ya no iba a necesitarla. Que se disecara como cualquier ganado, por cobarde. ¿Dónde se habría visto semejante escogencia tan delicada en días de hambruna? Uno podría devorarse la propia mano.*

El alivio del trapo mojado duró poco. El agua salada que resbalaba del improvisado turbante le laceró más la boca seca, la garganta apretada. De pronto un mareo más pronunciado que el que experimentaba casi todo el tiempo lo obligó a acostarse a lo largo de la embarcación, en la parte donde el mástil postizo proyectaba una sombra delgada. Se estiró al lado de Coronado. Lo bueno de estar allí, acostado con un muerto, es que no se sentía huraño. Podía mirarlo sin interrupciones, como penetrando sus sesos quietos, libres ya de tanto tormento. Es más, le ladeó la cara para mirarlo mejor. Coronado no podía verlo porque tenía los párpados cerrados, lo cual era bueno. Se habría sentido muy incómodo si aun después de tieso, el muchacho siguiera mirándolo con esa curiosidad desmedida con que lo había seguido cuando lo asignaron a su cargo para las misiones en el "Chavela". Su paga era una miseria. Capaz que eso sí el muerto viniera a reclamarle ahora, un salario justo, como si de él dependiera. Esos pendejos de la cooperativa se aprovechaban de los novatos. Que pagaran el derecho de piso. Pero, ¿qué piso?, ¿qué suelo?, si todo era mar,

un vómito líquido sin horizonte, un lomo esmeralda lleno de
maldad y hermosura. Era un lugar canalla.

Usted no tiene por qué pagarme nada, dice la madre de
Coronado, deslizando el *Money Order* que Amador le ha
puesto entre las manos.

Amador sigue masticando. Va por la cuarta tortilla.
Quiere parar, pero el sabor blando y tibio de ese alimento
lo retiene allí, en el comedor humilde. Al fondo hay un
patiecito techado con calaminas mal cortadas, como garras
de cuarzo. Helechos, hongos colorados que parecen fetos,
hierbas, flores sin gracia y cebollines forman el mundo
vegetal de esa mujer. Siente pena por ella.

La mujer lo mira comer. Amador no puede sonreírle
mientras come. Desde su regreso, almuerza y cena solo,
atento a los ruidos de la trituración. Eso no lo ha hablado en la terapia.

El *Money Order* sigue ahí. Amador se pregunta si será
una ofensa. Se apura y traga y dice:

Yo no le estoy pagando nada, señora.

Mire, mejor sírvase el refresco. Es de hierba casera. De
mi huertito.

Amador toma de sopetón el vaso de linaza. No quiere
detenerse en el color de ese líquido porque se parece al
orine manchado que tanto él como Coronado comenzaron a mear a las dos semanas del naufragio.

Yo lo que quiero saber es toditito sobre mi hijo.
¿Sufrió mucho en su agonía? ¿Tuvo usted piedad?

¿Piedad?

Amador inhala profundo, retiene el aire en la boca del estómago,
como la gente de la terapia le ha indicado que haga cada vez
que el pánico amenace con apretarle el tórax. Él ya conocía esa
técnica, la de respirar como hundiéndose en un océano negro,
viscoso, sin muchas reservas de oxígeno. Por ejemplo, cuando se

adentraba en el bosque de víboras de Garita Palmera huyendo de los Salvatrucha. Con el espinazo pegado a los árboles, Amador contenía la respiración. Prefería eso, morir asfixiado, envenenado con su propio dióxido, que a merced de un palo largo atravesándole la garganta, las tripas, rajándole los órganos internos, barrenándole la mierda que uno siempre carga adentro. Entonces no podía saber que el pánico se presentaba, igual que el Diablo, de muchas formas. Ahora mismo, por ejemplo, esta mujer le pregunta si le tuvo piedad a Coronado y lo obliga a trasbuscar recuerdos más precisos en esos momentos en que el mar, su inmensidad plomiza, llevaba el bote de acá pa' allá, metiendo y sacando agua de la boca abierta de Coronado. Él se había quedado hipnotizado mirando ese vaivén. Coronado vomitando agua y sal, pedacitos de algas podridas, ya sin quejarse.

¿Es linda la muerte?, volvía a preguntarle.

Y Coronado le decía que sí, que la muerte era lo mejor.

Amador entonces le reprochaba: Te atrevés a decirme que sí. Y ni siquiera tenés el coraje de mirar el cielo, lo pronto que va a amanecer. No tenés la más puta idea de si tendremos un día nublado o si otra vez este sol perro nos va a despellejar. Y sonreís. Claro que sonreís, mono bayunco. Yo te he estado mirando y sé que el lado izquierdo de tu boca se te tuerce un poco cuando algo te divierte. Dale gracias a tu buena suerte que acá no funciona ni madres, que si no te echaba una foto como prueba de tus chinga-deras. No tenés güevos pa' vivir, cabrón.

Sí, dice la mujer, Elías tenía esa forma de sonreír. Me desarmaba. Y no sabía mentir. En el segundo que mentía, se le torcía la boquita. Usted es bueno para observar. Fíjese en este retrato de cuando comenzó la secundaria. ¿Lo ve? Sonreía así porque…

Quizás es mejor que me vaya al hotel, la interrumpe. La casa de la madre de Coronado se ha ido arrumando hacia la pared del fondo, pronto va a caber en el huertito de calaminas. Es lo que hace el sol del atardecer con las casas de techo bajo, las achica, las ovilla, arrastrando las sombras de los muebles hacia un punto discretamente luminoso. De todos modos, a Amador lo tranquiliza la proximidad de la noche. De día todo está muy inflamado de luz, muy desnudo al miedo de los ojos.

No se vaya todavía, pide la madre de Coronado. A Chocohuital llega hasta caminando si le pone ganas.

Le he contado todo, señora, suplica Amador. Porque en realidad su voz es eso, un déjeme ir, déjeme cerrar los ojos y meterme algodones en los oídos como si yo también fuera un pinche muerto.

Pero la mujer ahora trae otro plato con tortillas. No muchas más, las suficientes para mantener viva esa lascivia traumática del hombre que arrojó al mar el cuerpo de su hijo. Debió habérselo traído, así fuera en calidad de momia, como esa carne marinada con limón que la luz solar termina de achicharrar. Debió habérselo traído como machaca, pues.

Coma, coma, por favor. Es bueno tener hambre y poder saciarla, ¿no cree? Esta era la masa preferida de Elías, la hago sin levadura artificial. Dígame si no tiene otro sabor…

Amador sonríe. Nota que la mujer prefiere regresar a los modales amables con tal de retenerlo. Pero él no quiere inventar lo que no ha ocurrido. Prefiere callar. Es un derecho, le ha dicho la de la terapia, es un derecho rumiar los recuerdos como si fueran pasto. Entonces se sirve un poco más de linaza, la bebe con más paciencia. Por el vapor del plato, calcula que esas tortillas estarán que hierven todavía.

¿De qué va a servirse las empanadas, mi joven almirante?, le preguntó un día, sería aún el día 27, lo recuerda porque Amador siempre había sido supersticioso, y esperaba que ese día fuera diferente, que el cielo se mantuviera nublado, sin destellos

masivos, para que el helicóptero de rescate no se acobardara ante ese refulgir incesante. Sí, ese día de suerte el helicóptero se aventaría en vuelos rasantes y podría distinguir a la embarcación y desplegar una de esas redes similares a las que usaban para envolver a los tiburones como niños recién nacidos. Tan suave a la vista y tan agresiva al tacto la piel de esos animales.

Era, pues, el día 27 y se había propuesto levantarle los ánimos a ese zombi bronceado y áspero en que se había convertido su almirante, como lo había llamado desde el comienzo para hacer más tolerables el tedio y la desesperación. Desde el agua le dictaba el menú: ¿pastelitos de algas, pastelitos de chacalín, de atún, o pastelitos de "loquesea"?

Coronado sonreía y pedía lo imposible: chalupas, por favor, ¡bien salseaditas!

Y Amador nadaba con el mejor estilo que recordaba de ese otro mar, un mar casero, la arena chuca salvadoreña, el mundo acuático ya olvidado en el que había remojado los años de su infancia, no mucho antes de que los Salvatrucha le echaran el ojo, ya fuera para reclutarlo o para divertirse con él. En ese tiempo, el mar era un refugio. ¿Y ahora? Ahora, de algún modo, también.

¿Y la salsa?, ¿de aguacate o de chile?

¡De chile rojo, mi capitán!, jugaba por unos minutos el muchacho. Porque no era más que eso, un muchacho, un niño con huellas de pubertad en las costillas ahora descarnadas. Lo blanco del ojo teñido por el veneno que sin saberlo había ingerido de las vísceras de la gaviota confirmaba su vocación de muerto. Elías Coronado había estado muerto desde el comienzo, desde el día en que se enroló en la cooperativa de tiburoneros. Quizás era más bien él quien había arrastrado a Amador hacia ese destino, al mar infinito de los muertos. Quizás era él el anzuelo y Amador solo se había dejado llevar del hocico a un infierno sorprendente, una transfiguración líquida del fuego, una broma de muy mal gusto.

Y aquí estaban, Amador usando una imaginación que no sabía que tenía para alimentar lo que quedaba de ese guiñapo *de almirante. Se alejaba unos metros de la embarcación, una distancia prudente. Además, no tenía las fuerzas necesarias para bracear por más de cinco minutos. Recogía cualquier materia que se moviera en los pequeños bultos de agua que las olas formaban alrededor de su cuerpo, cerraba por un momento los ojos, no ya solo para dejar que el instinto cumpliera con la tarea de cazar, sino para imaginar que esos latigazos constantes eran una forma de amor de Dios. No lo había abandonado, el solo hecho de que la embarcación no hubiera sucumbido en el vientre infinito del océano cuando tenía fisuras a lo largo de los siete metros de plataforma era una prueba de ese milagro amoroso, de ese milagro que sucedía en pequeñas perpetuidades: un día tras otro día tras otro día.*

Volvía con peces a los que descabezaba de un mordisco para evitar que se escurrieran. Los arrojaba como podía dentro del barco. Coronado mostraba una curiosidad inicial, azuzado por el hambre, pero luego apenas probaba esas tortillas marítimas. Cada día más flaco, su rostro escasamente recordaba su edad. Era un viejo sin tiempo. Quizás de eso se trataba naufragar.

Mire, suspira hondo la mujer, sacando ánimos de sus propias entrañas, esas donde gestó a Elías en el último frescor de sus ovarios, voy a hacerle una pregunta. No es una pregunta nueva, se la han hecho todos en la tele, en los periódicos, y usted debe estar un poco harto de tener que responderla como un loro sin memoria. Es que las personas no dejan de maravillarse que usted haya sobrevivido ahí, solito como un alma olvidada del Señor, ¡más de cuatrocientos días! Me imagino lo que habrá pensado esa gente que lo vio llegar allá, en esas islas tan lejanas, salir del agua, tambaleándose como un borracho, según me cuenta... Habrán creído que usted era un demonio. Porque yo digo, ¿no?, que solo los demonios pueden vencer el hambre, el frío malvado, la enfermedad. Los demás somos más humanos. Y segurito le habrán preguntado cómo le hizo, pues, para seguir vivo durante todo ese viaje, don Amador. Y yo supongo que cada vez le cuesta menos repetir sus explicaciones, debe ser como rezar, ¿no? Uno pide y pide a Dios por un milagro sabiendo de antemano que esa piedad es imposible. Así debe ser hablar en la tele, ¿no? Pero a mí, don Amador, a mí, por favor, dígame la verdad.

En la última parte de ese pequeño discurso la voz de la mujer suena estrangulada. Amador quiere distraerla o distraerse, ocupar su boca con la manía de la masticación. Estira el brazo sobre la mesa de fórmica para alcanzar el plato con esas dos grandes tortillas de bordes picoteados, doradas y blandas como medusas en formación. Pero la mujer le aleja el plato.

Amador la mira sin demostrar particular sorpresa.

Pregunte lo que quiera, dice. Ahora son sus manos,

las manos de Amador, las que parecen criaturas marinas, los dedos extendidos sobre la fórmica, con la discreta esperanza de controlar ese temblorcito que lo ataca por lo menos tres veces al día.

El día 93, quizás dos o tres días antes de que Coronado decidiera no volver a abrir los ojos y que las comisuras de los labios se le cuartearan más de la cuenta —luego Amador le revisaría la boca, la manera en que el pobre almirante se había estado comiendo pedacitos de su propia lengua—, ese día Amador divisó un barco largo, modesto. Era un barco pesquero. Por el modo en que el sol se derramaba oblicuo calculó que serían las cinco de la tarde. Pero tampoco podía confiar mucho. Sabía que se dirigía hacia el este, pero no sabía si en ese punto desconocido del mundo comenzaba o terminaba la primavera. En todo caso, la brisa ya helaba y los destellos del mar parecían diamantes. Igual, él nunca había visto un diamante.

¡Un barco! ¡Mirá, un barco! ¡Vamos, no te hagás el maje, despertate! ¡Un barco!

Coronado miró como ver llover. No se inmutó. Había estado así desde la tarde anterior.

Amador tomó el remo de cuyo extremo pendía un trozo de tela descolorida, única señal de vida y de auxilio que podían hacer flamear en esa inmensidad horrorosa.

¡Ayudame, cerote!, suplicó.

Coronado lo miró con la misma actitud desamorada, científica, de esos pájaros que se habían venido asentando en la proa con una paciencia ya obsesiva. Coronado le había dicho que esas aves eran "buitres leonados", pero Amador apostaba su remo a que el muchacho inventaba cosas, se le habían zafado los tornillos. Pasmado es lo que estaba. Los buitres no podían ser tan lindos, no tenían la elegancia de esas aves con sus cuellos gráciles como gaviotas, pero de picos robustos y letales como armas de guerra.

Amador decidió entonces usar las fuerzas que dosificaba por día para cazar tortugas o descamar pescados más grandes si había suerte y se lanzó al mar con la soga a la cintura, en caso de que no pudiera alcanzar el pesquero que levitaba a unas dos millas. Nadaba con brazadas lentas, como si disfrutara de ese manto salado y mortífero que venía transformándole la espalda en el lomo ancestral de un lagarto. Coronado iba achicándose. Los tripulantes seguro pensaban que Coronado era una efigie, uno de esos fetiches que algunos barcos pesqueros acostumbraban a instalar en las proas para conjurar tormentas. Pataleó un rato y aguzó la vista. Las nubes se habían desintegrado en hilachas ridículas. El sol era una purga constante.

El barco debía tener unos diez metros de longitud, poco más largo que el "Chavela". En la banda de estribor había signos que Amador no comprendía. ¿Una palabra japonesa? ¿China? ¿Coreana? Cuando hablaba, antes del naufragio, Coronado le contaba leyendas japonesas de chicas fantasmas, de príncipes marciales de otros siglos que recitaban poesía mientras decapitaban al enemigo; ese muchacho era una cajita de sorpresas, un culero de lo más entendido. ¿Qué cosas pretendía de la pesca?

¿Pagarse una carrera universitaria? Y miralo ahora, más mudo que un Cristo.

Le faltaba un par de metros, pero el pesquero se alejaba. ¿O sería que había calculado mal la distancia? Miró hacia el "Chavela" y apenas distinguió a Coronado. Podría ser él esa figura que se recortaba quieta o podría ser el extremo del remo que dejaba siempre listo por si tenía que palmar a una tortuga con un buen cachimbazo.

Cuando por fin llegó a la embarcación se quedó por un par de minutos respirando. No podía creer que lo había conseguido.

¡Hey!, llamó. La voz le salió ronca. Tan poco la había usado. Solo con Coronado.

¡Capitán! ¡Hola! ¡Gente!

El silencio era desgarrador, solo el mar propinándole esas lambidas terribles a la base demasiado abotagada de aquel barco y un zumbido delicado que también podría ser una alucinación. La noche anterior Amador había soñado con el silbido de los Salvatrucha y al despertar todavía le estallaba la cabeza.

Amador decidió aventurarse —qué otra cosa podía hacer un hombre como él con toda esa desesperación de meses—. Se encaramó en la borda y saltó hacia la plataforma. Nadie salió a su encuentro. Hasta podrían haberlo confundirlo con un pirata y dispararle. Pero ¿quién le dispararía a un hombre semidesnudo, con la barba al pecho, poblada de bichos, como un cavernícola? Un hombre que apenas podía mantener el equilibrio y que se aferraba a su propia voz como lo único humano que persistía.

¿Capitán?

¿Amador?, dice la mujer. ¿Va a responderme o no?

Las tortillas están allí, ahora tibias, perfectas para consolar el paladar, la sensación de hambre infinita que quizás Amador ya no llegue a superar nunca.

Claro, señora. Usted pregúnteme.

¿Puede usted contarme cómo era el hambre que

sentían? Mire, yo nunca he pasado hambre, lo que se dice hambre, porque he trabajado desde muy escuincla. Claro que yo entiendo que el hambre de días puede ser, me imagino, como un animal que uno tenga adentro, ¿no? Un tigre, quizás. Yo a veces me duermo pensando en eso, en el hambre de Elías, pobrecito mi chamaco. Usted, señor, cuénteme, dígamelo todo, no tema lastimarme.

Esa hambre, señora, le juro, uno no la puede decir con palabras. Después de comer algo, peces o tortugas, yo le decía a Coronado… a Elías, a su hijo, que nos durmiéramos de un solo. Es que lo que más costaba era dormirse escuchando crujir las propias tripas y luego ese dolor de fuego en la barriga, señora, los calambres que nos retorcían. Pero Elías, no le voy a mentir, apenas tragaba, se fue descarnando el pobre, bien rápido, le digo.

Descarnado…

Sí. Muy flaco. El cuero sobre el hueso, señora. Es que luego de lo del pájaro envenenado quedó traumatizado, ¿sabe?

¿Veneno?

Fue una gaviota. Debimos habernos dado cuenta de que su tranquilidad era falsa. Una mañana la encontramos paradita en la borda mirando el mar, como lo miran las personas, con el espíritu hundido en el agua, ¿comprende?

Sí, Amador. Yo también soy de la costa. Elías nació aquí, en esta casita, justo el año que instalaron en la esquina los galpones para esos apestosos barriles de diésel. Yo comprendo todito eso que habla de los pájaros. Se ve clarito cuando un pájaro está enfermo. ¿Elías no lo notó? Él me ayudó a atraparla. No costó demasiado porque, como le digo, estaba quietita. De todos los animales que yo pesqué o cacé, fíjese que esa gaviota fue la única a la que Elías no le tuvo asco. La desplumamos de un solo. Yo la exprimí como si fuera una prenda recién lavada, pa' sacarle el exceso de sangre, ¿verdad? Y luego, como la gaviotita era casi una niña, bien bicha todavía… cipotilla pues, como se dice, uno lo sabe por el pico blando, se la di completita a Elías, pa' que repusiera fuerzas.

¿Y mi hijo la comió?

Casi toda, señora. Me daba un gusto verlo comer por fin. Le juro que por todos esos días de desesperación que vivimos juntos yo comencé a quererlo como un hijo. El problema fue que esa misma noche Elías empezó a vomitar, a temblar como si lo electrocutaran. Los calambres lo tenían de su cuenta. Ahí me di cuenta que era veneno, señora.

Usted sabe de venenos, se ve.

No mucho. Pero sí vi a dos compañeros de la cooperativa estremecerse por la mordida de la "panza amarilla", una serpiente marina que es tremenda. Como yo había guardado los restos de la gaviotita para usarlos de carnada, hurgué ahí, entre esas vísceras, y mi corazonada estaba en lo correcto, señora. La gaviota estaba verde por dentro, tomada enterita, vea. El pobre pájaro había cazado una de esas cosas. Elías se contaminó.

Continúe, ordena la mujer. A Amador lo sorprende que a ella no se le hayan humedecido los ojos. Es una mujer antigua, sin duda, de las que no lloran en público. Lo obligué a beber su pipí durante tres días, señora.

Por esos días no llovió nadita y con el vómito, Elías se había deshidratado. Fíjese que ahora, con todos los estudios médicos que me han hecho, los doctores dicen que el orine pudo habernos protegido de muchas bacterias, incluso de las que se forman en las llagas del cuerpo.

¿Mi Elías tenía llagas?

Pocas, señora, sobre todo ampollas en la espalda, de las que revientan por la insolación, ¿no? Pero nos turnábamos los días más yucas en el fríser. No funcionaba, porque en esa lancha ya nada funcionaba, pero el aparato nos servía para huirle al sol. Fíjese que cuando Elías falleció, hasta pensé en meterlo ahí, porque era justo del tamaño de un ataúd.

Dígame, Amador, así descarnado y todo, como usted dice, ¿usted se lo comió? ¿Se comió usted a mi chamaco?

Amador mira las tortillas y estira el brazo. Lo mejor será llenarse la boca de masa, tragar, tragar y tragar, como el ahogado traga el mar, expandiendo su estómago, haciendo de su elasticidad una mortaja interior, salada, agria. Albergando en sí la inmensidad aterradora, creciendo y creciendo como una erección absurda en el eterno resplandor del agua.

Mareado, Amador se detuvo un par de minutos. En ese barco no había una sola señal de vida humana. Supo, eso sí, que el zumbido constante venía de las moscas. Las vio incluso antes de abrir la angosta compuerta de la cabina. Se estrujó los párpados, casi hundiendo las córneas, para asegurarse de que no era otra alucinación. A través del vidrio, el pequeño vuelo de aquellos insectos estaba lleno de belleza. Eran moscas, la mayoría azules, y emanaban de los cuerpos como un espíritu metálico. Amador no tenía nada con qué cubrirse la nariz, de modo que contuvo la respiración y entró. Cuatro hombres yacían en posición fetal. Amador intentó mover uno de los cuerpos con un pie, pero aquel cadáver era terco y siguió doblado sobre sí mismo, como un anciano o un embrión empecinado con su propia formación. Los cuatro tenían vendas en los ojos, pero estaban libres. Eran muertos libres y ciegos. Nada ataba sus miembros. Podrían, si lo querían, incorporarse y explicar el motivo de sus muertes. De modo que ellos mismos se habían vendado los ojos. Amador se agachó y levantó la venda de uno de ellos. Eran chinos o japoneses o coreanos. Nunca había sido bueno para distinguir la nacionalidad de esa gente. Pero allí estaban, inconscientes de su propio origen, ¿lejos o cerca de su patria? ¿También a ellos

los había arrastrado una corriente maldita? ¿También ellos se aventuraban a pescar en regiones oceánicas desconocidas para conseguir especies raras, tiburones blancos, cangrejos de caparazones tiernos? ¿En qué moneda les pagarían ahora por sus muertes?

Amador se derrumbó en el piso y, ya sin cubrirse la nariz, embriagado de ese olor de los cuerpos en descomposición, se acomodó también en posición fetal, abrazado a la soga. Quizás debería abandonarse allí mismo, en ese barco levitante, morir junto a esos hermanos de naufragio que habían partido de otra costa, que habían venido a su encuentro. Cerró los ojos. Supo que lloraba porque el pecho convulsionó como el de un niño de teta y pensó en Coronado. Mejor morir al lado de su almirante nomás. Tenía que pararse, entregarse al agua, nadar la distancia de regreso y volver. Eso era todo.

Mire, suspira la mujer. La penumbra crea dos pozos breves en sus clavículas. Amador no ha llegado a tocar las tortillas porque la mujer lo sostiene de la muñeca como para sentirle el pulso o para detenerlo ante alguna inminencia.

Ni siquiera tiene que responderme. Sé que usted nunca podría decirme la verdadera verdad. Y no sé si es un hombre de fe. ¿Usted va a misa? Quizás ahí, en la confesión, pueda desahogarse, don Amador. Quizás ahí…

Coronado murió el día 95. Se echó ahí, a lo largo del estribor, el sol le caía en la espalda del lado izquierdo, así que probablemente se dirigían al sur o al este. Coronado también fue enrollándose sobre sí mismo como los extranjeros que Amador había visto en el "barco fantasma". Así lo llamaron, "fantasma", durante el resto de sus largas conversaciones. Es que Coronado aseguraba que esa nave era un invento desesperado de su capitán, que lo había visto nadar, sí, alejarse unos peligrosos metros, pero luego simplemente volver, sin tortugas, sin peces, sin nada, solo más pálido por el esfuerzo estúpido de practicar natación en semejantes circunstancias.

¿Es linda la muerte?, le preguntaba incansablemente Amador.

Y Coronado le contestaba que de todas las cosas que le habían pasado en este mundo, la muerte era lo mejor. Es una luz, decía Coronado, sin abrir los ojos o arrugar los párpados, porque seguramente era verdad; seguramente se trataba de una luz que ya no hería, que no laceraba las últimas células.

Contame algo, le pedía Amador, acostándose junto al cuerpo quieto de su almirante.

Y Coronado, riéndose, pero sin mover la boca, volvía a contarle las leyendas japonesas de príncipes marciales. Su preferido era Miyamoto. Tenía muchas historietas sobre ese soldado. Lo mismo podía decapitar a un rey que partir en dos a una mosca. Su espada era como el viento. Y mientras aniquilaba a su enemigo, recitaba poemas.

Así también había hecho el mar con ellos. Los había aniquilado sin renunciar ni por un segundo a su pureza bestial, a las crestas de gloria que el agua levantaba con una constancia que nada tenía que ver con el ser humano. Se trataba definiti-vamente de un poder superior. Amador volvía a confirmar que ese era el abrazo de Dios y que Coronado había muerto en su terrible seno.

Una tarde, poco después, Amador se dio cuenta de que a Coronado le faltaba un ojo. Los culpables estaban allí, muy orondos, con sus pechos sobresalientes, las patas aferradas al travesaño de donde colgaban las redes. Seguramente todavía masticaban el ojo tibio, húmedo, blando como un huevo. Tanta era el hambre. ¿Y él? ¿Qué iba a hacer él? ¿Cómo iba a poder soportar esa soledad inacabable que lo esperaba como una promesa fiel después de Elías? ¿Qué iba a hacer?

Una de estas tortillas, dijo la mujer, está envenenada. Se lo digo para que usted sepa a lo que se atiene. Espero que no se vaya de esta casa sin comer una, ¿sí me entiende?

Señora…

No se explique, Amador. Yo puedo imaginarme lo que debe ser tener un hambre horrorosa. Y ver ahí, como si fuera un cordero, la única carne en el mundo que a uno puede salvarlo. Qué le digo, quizás yo también hubiera hecho lo mismo. Usted era un hombre como cualquiera, yo entiendo eso, y quizás usted no quiso el destino este que le ha tocado. Uno no elige algo tan importante como el destino, don Amador. Pero usted pudo decidir ciertas cosas, ¿no? De eso quiero que me hable.

Fue el día 102, señora. Ese día, esperé a que se hiciera la noche… Despedirme… Quedarme tan solo con mi voz y con mi mente me daba ganas de vomitar. No me atrevía a hacerlo con la claridad. Tampoco había luna. Lo desnudé. Yo necesitaba su ropa. El mar rugía como si también ese monstruo tuviera hambre. Eso me figuraba yo. Todos tenemos hambre, pensaba. Y me imaginaba a toda la humanidad abriendo la boca bien grande y el vacío brotando como un volcán de lava ácida de las gargantas. Me estaba volviendo loco. Y justo por eso, para sacarme tantas voces de la mente, le seguía conversando a Elías. Él ya estaba descompuesto, pero a mí se me antojaba que todavía me prestaba atención. Yo le detallaba lo que iba a hacer. Le conté con todo tipo de minucias cómo cacé a un tiburón chico cogiéndolo de la aleta, viéndolo agonizar, yo parado sobre la parte alta de la lancha, mirándolo ahí cimbrearse en su desesperación como seguramente Dios nos veía a nosotros. Y mientras tajeaba al animal, le invitaba las partes más blandas a Elías; me lo imaginaba tragando con gusto. Le conté hasta el número de estrellas que llegaba a calcular. Infinitas estrellas. No me cansaba. Era como pedirle perdón, era…

No hay tumba donde poner eso, señor. ¿Dónde yo escribo: "Mi amado hijo partió, se hundió, desapareció la noche 102"? ¿Dónde yo pongo eso? Mire, escoja su tortilla, por favor.

Amador acerca el plato con los dos alimentos. Ya es de noche. La madre de Coronado no ha prendido las luces de su casita. Quizás sea mejor así. Ni siquiera necesita cerrar los ojos para elegir. De todos modos, está acostumbrado a mover sus manos, sus brazos, su respiración, en las olas nocturnas.

Entonces escoge la tortilla izquierda. Está lo suficientemente tibia como para acariciarla con su lengua, como para agradecer en silencio por ella. Mastica con los ojos cerrados otra vez, anticipándose a su propia quietud, apaciguando con amor los latidos de su corazón. Este soy, musita el pescador, este soy después de Elías. Y entonces le da un segundo bocado a esa tortilla dorada que la mujer le ha cocinado con sus propias manos. Soy pez, soy tortuga, soy agua, soy red, soy buitre, susurra, y sigue masticando.

CUANDO LLUEVE
PARECE HUMANO

*Mi corazón
es un río sin fondo,
un torrente airado.
¿Cómo puedo arrojar mi nombre
a la tentación del agua?*

Yayoi. Siglo XVI

La señora Keiko había estado toda la mañana abonando la tierra del jardín. En toda esa vida gastada en Santa Cruz –tan diferente a la Colonia Okinawa– jamás había tenido que calentar bolsas de agua para entibiar su cama antes de acostarse como lo había hecho últimamente. Ahora incluso planchaba sus blusones de hilo sobre la cama para aclimatarla y, apenas desenchufaba el artefacto, se metía bajo las sábanas y las frazadas y aprovechaba esa sensación de refugio, de retorno a algún lugar perfecto, para pensar en que quizás debería animarse y viajar, aunque no hubiera reunido el dinero suficiente.

Sin embargo, con las plantas no había mucho que hacer. Había intentado climatizar el área del jardín dejando toda la noche prendidas las farolas de la galería, pero la factura de la electricidad le había llegado como una bomba química: exponía un número horroroso, un número que parecía "una fórmula atómica", como solía decir su difunto esposo cada vez que pagaba los cheques de las importaciones. No le quedaba otra opción que acariciar sus plantas con la voz y desearles que tuvieran la fortaleza de soportar otra helada. Les hablaba como a pequeñas criaturas, del modo en que las madres se dirigen a los recién nacidos, haciendo de la voz una dulcísima impostura, una mímica auténtica del amor. A veces les hablaba en japonés. Tenía miedo de olvidar esa lengua, la lengua de la Colonia, y entonces pronunciaba las palabras lentamente.

Hacía seis meses había alquilado la habitación de arriba a una estudiante universitaria y ahora se arrepentía un poco, pues ese cuarto —adaptado recién después de la muerte de su marido, ya que él se había opuesto férreamente a cualquier cambio— tenía un magnífico tragaluz que, en los días soleados, recibía un calor consistente, sin ser agresivo. Cuando acabara el contrato de alquiler con aquella chica iba a convertir ese cuarto en un invernadero. Era una promesa.

Pero ya era casi mediodía y no había preparado el almuerzo. El alquiler incluía almuerzo. Que la chica buscara su propia cena. Iba a trabajar quince minutos más mientras pensaba qué podía preparar —la chica siempre celebraba su arroz blanco y suelto como la lluvia—. Se paró un rato con las manos en jarras a mirar su pequeño reino de plantas, gajos ondulados y semillas que latían en la ceguera infantil de la tierra blanda. Nadie podría entender el orgullo que sentía al observar el avance de su trabajo. Una florcita que se abría, un brote mínimo que nadie notaría, pero que estaba allí, con toda la contundencia de una vida nueva. Esas sí eran verdaderas piezas de origami, dobladas con tal delicadeza por una divinidad alta y perfecta que, aunque ella se esforzara, jamás podría imitar todos esos pliegues y bordes. Además, había perdido destreza por culpa de ese temblor en la mano izquierda, la mano del corazón, y solo si el trabajo era sencillo: pájaros en vuelo, grullas blancas, amapolas o lámparas discretas, aceptaba encargos. El último encargo importante que había aceptado había sido justamente para la hermandad japonesa que se encargaba de los eventos culturales de la oficina consular en Santa Cruz. Le encargaron mil grullas *Sadako Sasaki* en papel estañado para enviar un mensaje de esperanza, de voluntad *gaman* y solidaridad a los sobrevivientes del accidente nuclear de Fukushima. Durante dos semanas dobló el papel tratando de usar solo las yemas de los dedos, no las uñas, pues parte de la elegancia de una pieza *tsuki* reside en la forma del pliegue, en el modo en que se quiebra, con una naturalidad que debe imitar las articulaciones del cuerpo humano, su geometría lineal. Acabó exhausta y con los dedos destrozados, pero con el corazón feliz, iluminado, en la plenitud *ikigai* que solía sentir cuando cocinaba con sabores perfectos en el restaurante del señor Sugiyama. Le enviaron una carta de gratitud, con un sello dinástico que ella no supo reconocer y que la perturbó con un filo de tristeza. En la Colonia, cuando sus padres decidieron que no podrían superar las inundaciones causadas por el desborde del río Grande, que habían ahogado sus extensas plantaciones de soya, por un momento pensaron enviarla a ella y a Ichiro, su hermano mayor, a Brasil, donde había emigrado parte de su familia, o a Japón, donde ella e Ichiro tendrían que acorazar sus corazones para soportar la humillación del retorno. Nadie que había tenido la ventaja de formar parte de los grupos de emigración que iniciaron la travesía hacia Brasil y Perú en 1957 para instalarse luego en Bolivia, en la selva oriental de Yapacaní, había regresado a Japón cargando en las espaldas las flores marchitas del fracaso. El destino quiso que su madre se contagiara de la peste de las ratas que habían bajado desde las tierras benianas. La cabeza se le inflamó por la encefalitis de tal manera que el rostro de rasgos casi infantiles parecía incrustado en ese cráneo excesivo. Ningún médico quiso bajar desde la capital hasta la Colonia para diagnosticar a la enferma, de modo que el extraño rumor de que ella anidaba en la cabeza un absceso gigantesco ocasionado por la radiación que había asolado una región de su país alejó a quienes inicialmente habían querido ayudar. El virus Uruma terminó llevándose a su madre y la pequeña Keiko tuvo que hacerse cargo de Katsuo, de seis meses, y de ayudar a su padre en el nuevo emprendimiento en agricultura. Esa vez cultivaron soya. Y la soya a la larga los salvó. A la señora Keiko siempre le gustó pensar que el *shinrei* de su madre los había ayudado encarnándose en el espantapájaros que clavaron en medio del sembradío. Cada noche, después de acostar a Katsuo, abría las hojas de la ventana y le hablaba. Estaba segura de que el espantapájaros-*shinrei* la escuchaba, pues si la pequeña Keiko le pedía que lloviera, al día siguiente llovía. Si la pequeña Keiko le pedía que las ratas ya no devoraran las raíces de la siembra, los frutos se las arreglaban para sobrevivir a sus eventuales invasiones. La época del espantapájaros había sido quizás la más feliz. Y se lo había debido siempre a su madre. Había sido ella la que le había prometido seguir allí, flotando como el rocío de las madrugadas. Así le había dicho, "como el rocío". Y cuando su cara de *ningyô* se apaciguó en el edema bestial de la cabeza, todavía pudo decirle que no tenía miedo, porque en ese momento, el de la muerte, no había divisado a ningún *akuryō* que la esperara para saldar cuentas. Había sido pobre toda su vida, había cruzado los océanos con su esposo fiel, con Keiko, con Ichiro, y había parido a Katsuo en la Colonia. Ellos eran las estrellas esmaltadas que reinaban en su alma. No le debía nada a nadie. Solo el que le debe algo a alguien debía temerle a esa reunión absoluta con la muerte. ¿Entiendes, Keiko?, le había dicho su madre. Y la pequeña había entendido. Y por eso, cuando una maestra de la Colonia le regaló ese viejo libro de poemas de un señor llamado Natsume Seibi –un antepasado suyo quizás, un sabio seguramente, pues solo la gente que había vivido en el fondo de los tiempos, entre 1749 y 1816, por ejemplo, podía escribir poemas que eran como charcos donde uno se reflejaba–, supo que su madre podía acompañarlos de muchas maneras, no únicamente habitando el cuerpo de algodón y paja seca del espantapájaros. Copió el poema más lindo y lo pegó sobre su catre. Decía:

El espantapájaros
Parece humano
Cuando llueve

Pero ahora, en el presente largo de su vejez, ya no había lugar para esas fantasías de la mente, ni para dragones o barcos de origami enfrentando tempestades. Ya no más novias ni vírgenes ni guerreros ni terribles gladiadores de maché plegado. Se había roto la vista de tanto crear universos de papel. Sin embargo, no lo negaba, en el taller de la cárcel se sentía bien. Sus discípulas no eran precisamente artistas y disfrutaban de esos momentos de creación mientras ella les contaba los orígenes del origami con episodios que parecían leyendas y no datos históricos. Las mujeres de pronto se volvían niñas, escolares metidas en sus uniformes grises. Además, ella también las escuchaba. Y se había sorprendido de no espantarse ante sus crímenes, sus errores, sus pasiones desbocadas, los tremendos equívocos que las habían conducido hasta allí. Quién era ella para medir sus culpas. Ni siquiera se atrevía a hacerse ideas sobre esa gruesa y hostil mujer, la que ostentaba escarabajos tatuados en ambas mejillas. También ella, pese a la ira con la que se abalanzaba sobre los momentos mínimos, tendría una explicación mucho más compleja de lo que alguien podría concluir apresuradamente sobre el tipo de persona que ella aparentaba ser. Si mal no recordaba, aquella mujer estaba allí por "homicidio" y debía pasar 15 años entre esos barrotes. Cuando la señora Keiko le preguntó a Hiromi, su hija única, cuál era la diferencia con respecto al cargo de "asesinato", que en cambio determinaba la larga condena de otras dos reclusas, Hiromi primero había sido irónica: "El homicidio es al asesinato lo que el origami a un collage, una cuestión de arte". Y luego le había explicado aquello que en el primero no intervenían ni la voluntad ni la premeditación, sino la pasión, el impulso y el azar más oscuro; mientras que en el segundo todos los actos humanos se dirigían a la aniquilación de otro ser. La señora Keiko había revisado mentalmente las caras de sus alumnas tratando de detectar la pasión o la voluntad que las había llevado a empuñar un arma, a dar un empujón, a prender un fósforo, a rasgar la carne o envenenarla, pero solo vio los ojos entristecidos, pues aunque algunas se sostuvieran con temperamentos más afables, lo cierto es que una membrana de desilusión mesuraba la intensidad de esas miradas. En la próxima sesión de origami, la señora Keiko decidió mostrarles cómo crear una víbora en media rosca; subrayó la paciencia que se precisaba para marcar las diminutas escamas de la piel y enfatizó el especial cuidado que debían tener al momento de erguir el poderoso cuello del animal, la actitud de alerta y ataque de la cabeza, mientras el ovillo del cuerpo permanecía en reposo, enroscado casi con timidez. Al cabo de tres sesiones, resultó que la mujer de los tatuajes había terminado diseñando la víbora más hermosa. Si bien en el origami tradicional se trabajaba con papel blanco, sin pegamentos ni otros detalles, ella les permitía escoger piezas de colores, nunca estampadas o combinadas, colores puros que enfatizaran el carácter de sus criaturas. La mujer había escogido un largo retazo púrpura y había hecho con él el reptil más peligroso y vivo del taller. La señora Keiko tomó la víbora colorada y la asentó con delicadeza sobre la palma de su mano derecha. Paseó en silencio la víbora por entre las demás alumnas como si exhibiera un trofeo. Era un trofeo. Era la victoria de la constancia, la concentración mental y el dominio manual sobre la mediocridad y la prisa de lo fugaz, de lo que moría antes de respirar. No elogió ni siquiera la brevísima lengua que brotaba del reptil. No hizo comparaciones ni pidió comentarios, como en otras dinámicas. Consideraba que el silencio era un homenaje sencillo pero contundente. Volvió hasta la mesa de la mujer tatuada y le sonrió. En ese instante recordó una frase que el señor Sugiyama usaba a menudo para darles a los demás el beneficio de la duda: "A veces la vida es color escarabajo". Primero se sorprendió al toparse con los ojos fríos de la reclusa a la que había querido distinguir con todo ese código de honor; luego se estremeció al intuir que allí, en esas retinas donde debería haber estado la profunda e indescifrable tristeza, había una luz siniestra, acusadora. Soltó la perfecta pieza de origami como si le quemara las manos.

Siguió asistiendo al taller, pero se aseguró de volver a los diseños sencillos, unos en los que esas mujeres trastornadas no tuvieran que exigirles a sus espíritus otra energía. El taller estaba diseñado para que esas mentes se olvidaran por un par de horas de su claustro y ella se encargaría de que siguiera siendo así. Volvió a sus gaviotas, a sus cisnes, medusas y búhos, que emergían del papel con tres pliegues mayores y un par de necesaria definición.

¿Por qué sería que las plantas bajo la parra parecían mejor tratadas que estas otras, las que recibían mejor luz? Ni siquiera con la carpa de hule que en las noches más frías hacía tender entre los postes de la galería, esas plantitas se habían salvado de una agonía vegetal lenta y tristísima. Sin duda, pensó la señora Keiko, no era más que una anciana sufriendo por sus plantas. Debía sentir vergüenza, especialmente porque –como le contaba Hiromi, su única hija– había mucha pobreza y mucha delincuencia en la ciudad y la gente sufría. Hiromi no había terminado de estudiar, pero había encontrado los modos de hacer lo que siempre había querido, periodismo. Para ella, la muerte del padre había sido una liberación. No tenía que terminar ninguna carrera que la mantuviera atada a las cosas de fábrica en las que la Colonia Okinawa había prosperado: las telas, la soya, los embutidos o la importación de tecnología. No tenía que ser comparada en silencio con la otra hija, la que el señor Sugiyama había tenido con esa mujer que trabajaba para él, la florcita bastarda que él reconoció como legítima. Y tampoco estaba obligada a volver a la Colonia, al norte de la provincia, para trabajar gratis por unos días al mes como hacían todos los otros jóvenes de ascendencia japonesa. Podía aceptar una vida como cualquiera. Si lo hubiera querido, incluso habría tenido la posibilidad de solicitar una beca en alguna universidad japonesa. La oficina consular había beneficiado a muchos descendientes de las colonias sudamericanas con opciones de estudios superiores en ese lejano primer mundo. Era una forma de reparar las ramas quebradas del gran árbol genealógico, una forma de recuperar a esos hijos que la guerra había escupido a lugares del planeta donde los había esperado la jungla cerrada, el agua sucia e indómita, las desconocidas alimañas y, a veces, también el amor y la prosperidad. Hiromi, sin embargo, se sentía plenamente boliviana, oriental, camba, y no se imaginaba otro lugar del planeta que la reclamara. La joven había usado el argumento de que el periodismo es un oficio cultural, que se debe nutrir de lo inmediato, y que de poco le habría servido formarse con criterios internacionales para ejercer luego en una ciudad donde la violencia no se expresaba con esos retorcimientos exquisitos del Japón, sino de forma ordinaria, sin poesía —eso había dicho, "sin poesía"—, sin historiales de psicópatas que ameritaran romperse los sesos.

La señora Keiko decidió que cocinaría el plato preferido de Hiromi —pacú con choclo hervido—. Quizás así la convocaba. Si a Emma, su inquilina, le gustaba, bien por ella; y si no, que se diera por servida. En realidad, dormitorio y comida por mil seiscientos bolivianos mensuales eran un privilegio que esa señorita no iría a encontrar en ninguna otra parte. Claro que a cambio la señora Keiko se sentía tranquila. La inquilina no fumaba y el volumen de su televisión y su música no era escandaloso. De día permanecía en su cuarto, leía y tomaba notas, y de noche salía a sus clases. Estudiaba literatura. La señora Keiko no pudo imaginar cómo se estudiaba eso. Estudiar la lectura. Hace tiempo que ella no leía nada, ni siquiera esos libros de la infancia que atesoraba en una cacha de madera y que estaban poblados de poesías cortitas que lo dejaban a uno sin respiración. Recordaba, eso sí, que nunca había abierto esos libros sintiendo que se pudiera estudiar algo de ellos, no eran textos escolares. Los leía para temblar. Con su dedo índice recorría esos poemas para que no se escapara ninguna letra, tan breves y brillantes eran, como esas estrellitas de pólvora que una temporada fabricaron en la Colonia hasta que una explosión los escarmentó. Su padre había dicho que era eso justamente, un escarmiento. La pólvora, en estrellitas o en bombas, era el peor de los *bakemonos*.

Sin la chica –debía admitirlo– ese irónico invierno tropical habría sido menos tolerable. Era una lástima que Hiromi y ella no hubieran coincidido en esos nueve meses, aunque la señora Keiko tenía la corazonada de que no se llevarían bien. Emma también era de ascendencia japonesa y tal vez eso determinó que ella se interesara por el cuarto, pero nunca había vivido en la Colonia Okinawa, de modo que no sabía nada de esa cultura. Por ejemplo, cuando le mostró sus piezas de origami abrió mucho los ojos. Era la primera vez que veía un mundo de papel.

La propia Hiromi la había convencido de alquilar la habitación de arriba, ya que no había conseguido persua-dirla de vender la casa, toda esa casa absurda, con su techo cónico y un pequeño campanario en la cima, en medio de esa calle, en el corazón del barrio más desordenado de la zona, donde los comerciantes ambulantes se habían dado modos para instalarse en las ferias de los miércoles, dejando en el aire un olor a frutas podridas, a alcohol, a frituras, una brisa corrupta que no conseguía disuadir a la mujer. Cuando el señor Sugiyama vivía, habían instalado allí una tienda de relojes hechos en Tokio, donde el señor Sugiyama tenía importantes antepasados y algunos parientes de cierta prosperidad, luego habían montado una serie de máquinas de revelado de fotografías y luego un restaurante y luego nada. Eran los únicos japoneses tontos, decía el señor Sugiyama, a los que el dinero les huía como una rata ante la visión del búfalo. La señora Keiko nunca había visto un búfalo en toda su vida joven a las orillas del río Grande, de modo que siempre sospechó de que todo ese destino ácido era una manifestación de los malos deseos de Braulia, la mujer con la que el señor Sugiyama había tenido esa relación adúltera mientras la señora Keiko se recuperaba del mal parto, mientras Hiromi daba sus primeros pasos, con los zapatitos al revés, como un títere blando, para corregirle un problema que se había hecho evidente desde el principio y que la mermaría en su belleza. Ya tenía una tarea con las orejitas tipo elfo que le había heredado al señor Sugiyama. Pero claro que ya no podía confiar mucho en su propia memoria porque esa membrana, la de los recuerdos y las cosas del cotidiano, del presente, era cada vez más delicada. A veces temía romperla solo con estirar un dedo. Quizás era mejor así, quedarse con lo genuino y bondadoso, la amabilidad del señor Sugiyama, el modo en que había construido esa casa de tejas coloradas para que ella se sintiera segura. Su esposo se había dado modos para que los tejedores de hamacas y esteras de la zona de Guarayos comprendieran el tipo de alfombra que él cargaba en su memoria como si fuera un objeto concreto. Los guarayos tejieron los tatamis más lindos que la señora Keiko pudiera imaginar. Su hogar, dentro de todo, había sido una lumbre tenaz en esos años de aventuras económicas. Lo de hacer del origami otra fuente de ingresos surgió después del fallecimiento del señor Sugiyama. Él se habría sentido ofendido. Por eso, cuando extendía sus pliegos de papel sobre el mesón, le daba la vuelta a la fotografía de su esposo y apagaba las velas del altarcito. Que su alma se elevara lejos de todas las miserias.

Las clases de origami le habían aportado una rutina que la sostenía de otra manera. No es que se sintiera más joven, sino que la necesidad de comunicar en frases técnicas un conocimiento que ella había practicado desde niña la obligaba a salir de sí, a confiar en sus palabras. Hiromi fue quien la animó a enseñar su arte como voluntaria en los talleres de la cárcel de mujeres y había hecho todo el papeleo para que su madre fuera asignada y le facilitaran el transporte. Iba dos veces por semana y ella misma aportaba los pliegos de papel. Sus talleristas no eran muchas, pero ella se preparaba como si fuera a hablar ante una multitud. Algunas de esas mujeres eran criaturas rudas, más amargas que la hiel del pollo. Sin la experiencia de su taller, jamás habría imaginado la oscuridad triste en que la ignorancia era capaz de subsumir la voluntad de la gente. Esas mujeres amargas no sabían qué significaba "plegar por la mitad" o "marcar una línea diagonal". Con ellas había tenido que revisar su lenguaje, las palabras con las que nombraba las cosas. Otras la miraban con sonrisas agradecidas que apenas balanceaban el terrible peso de sus miradas. La que llevaba los escarabajos tatuados en las mejillas apenas hablaba. La señora Keiko no podría decir si la suya era la voz de una homicida o de una asesina –tanto le había llamado la atención esa diferencia en los impulsos criminales de alguien–, si era una voz grave o con tonos cristalinos. Aunque lo segundo la habría desconcertado, pues las manos robustas de esa alumna no auguraban más que truenos. Todavía la perturbaba la perfección de la víbora coral que esa reclusa había creado. Era un cachorro de dragón a punto de despertar de su naturaleza inanimada, parecía hecho con pinzas. Y había nacido de esas manos rudas y criminales. De estas sensaciones nada le contaba a Hiromi, pues quería que ella mantuviera para sí la satisfacción de haber ayudado a su madre a pasar días activos, compartiendo con otras personas la sabiduría transformadora del origami. Hiromi era buena hija, de eso no tenía duda; quizás solo necesitaba tomar distancia de ese hogar en que nadie, a decir verdad, había sido muy feliz. No se cansaba de recordarse a sí misma que el señor Sugiyama había sido un buen hombre, un buen marido. La culpa de todo la había tenido siempre esa cuarta invitada de su mesa, la melancolía, el destino, esos animales simbólicos a los que el señor Sugiyama siempre culpaba: el año de la serpiente, precisamente, había sido el peor de los años. Esa era la parte que había intentado enterrar. No siempre con éxito.

La inquilina bajaría en cualquier momento por el almuerzo. No es que fuera a reclamar nada, si apenas hablaba, pero su presencia quieta era consistente y, en cierto modo, agradable como la luz de una lámpara.

Acomodó la pala y las tijeras contra el último horcón de la galería, cerca de las plantas más desnutridas, y se despidió de ellas. Volvería al atardecer, les dijo, cuando el sol fuera apenas un fantasma, un suave vapor espectral cediendo ante la otra neblina, la de la noche. Sacudió sus chinelas raspando la suela contra el borde del pasillo para no meter tierra al interior de la casa. Ya no le daba la espalda para trapear el piso tres veces por semana, así que era mucho más cuidadosa que antes con sus trajines entre el huerto y la cocina. Por suerte esa tierra con la que alimentaba a sus criaturas era buena, suelta como su arroz, blandita, sobre todo la de la esquina de los ciruelos. Oh, ¿pero por qué no se le había ocurrido antes? ¡Qué tonta! La solución estaba dentro de su propia casa. ¿Y si trasladaba porciones de la tierra fértil de los ciruelos a la región seca, la de las plantas tristes? No era necesario cavar hondo, eso no. Bastaría con raspar la primera capa de tierra, la que recibe el rocío y se nutre de él, y transportarlo hasta la esquina árida. La tierra se cansaba de drenar sus minerales al mismo fruto; era fundamental rotar los ciclos para que el suelo recobrara su poder. Ahora recordaba estas reglas básicas de la agricultura que su padre le había enseñado mientras cosechaban la soya, primero con técnicas manuales, luego, cuando Katsuo ya pudo sumar sus fuerzas infantiles a las tareas de la Colonia, con la maquinaria pesada que sacaron a crédito, amparados por los proyectos de apoyo internacional que el gobierno de Japón había instalado en los focos de migración nipona. Era una solución sencilla. Tierra que resucita a la tierra. Lo haría después del almuerzo.

La señora Keiko y la inquilina almorzaron en silencio. No era, sin embargo, un silencio incómodo, sino un modo de acompañarse la una a la otra. La señora Keiko intentaba no comparar a Emma con Hiromi o, mejor dicho, a Hiromi con Emma, pero admitía que se sentía mucho más a gusto con aquella extraña y que, si lo pensaba con rigor, así había sido desde el primer momento, cuando el timbre la despertó —se había dormido frente al televisor— y ella abrió la reja sin pensar, sin sentir temor a pesar de lo peligroso que se había puesto el barrio. Allí estaba la chica, el pelo igualito al de la Virgen de Akita, liso, con raya al medio, y un vestido de algodón celeste que la brisa entonces tibia le alborotaba en las rodillas. Negó haber sido la persona que había llamado en la mañana por el anuncio del periódico, pero aseguró que podía cubrir el depósito del cuarto y el primer mes de alquiler. Quizás si la señora Keiko le hubiera exigido la documentación que le indicó Hiromi —un carné de identidad, fotocopias de algo, referencias laborales y ese tipo de cosas que sirven para respaldar la existencia de una persona— ahora estaría sentada en su propia mesa almorzando con alguien más complicado, un inquilino que le tensaría los músculos de la espalda y le amargaría su nervio ciático. Se alegraba de haber aceptado a Emma sin muchas garantías, además de un cheque de depósito que ella no cobró por pudor, pero que por supuesto guardaría hasta que se terminara el contrato y la inquilina tuviera que recoger sus cosas

—¿era solo una mochila…? Ah, y una caja mediana con unos cuantos libros–, y entonces se despidiera para buscar otro destino. Por lo pronto, las dos parecían a gusto, en una especie de vida en común tácita, delicada y perfecta como una telaraña, saboreando el arroz como lluvia de la señora Keiko. Fue durante el postre –duraznos en almíbar y un pedacito de queso menonita– que la señora Keiko le pidió a la inquilina que la ayudara a remover la tierra fértil para luego trasladarla de una esquina a otra del jardín. Las plantas se lo agradecerían. Una planta agradecida es como un duende, dijo la señora Keiko. Emma abrió sus ojos igualmente rasgados y sonrió. Disfrutaba de esos cuentos a los que no había tenido acceso porque solo había sido criada por su madre y su madre era una cunumi más, una nativa sin educación que solo había aprendido un par de palabras del hombre que le dejó la semilla de Emma en el útero. Lavaba platos en una pensión. No vivía con ella porque la mujer se había enraizado en su natal Urubichá y además porque se había transformado en una mujer tan triste que la pobre chica se sentía inútil. Quizás por eso estudiaba literatura, huyendo de los platos, de la realidad, buscando duendes como el señor Sugiyama había buscado animales simbólicos a los cuales culpar de su mala suerte. Y ahora ella iba a ponerla a manosear tierra. Debía recompensarla de alguna manera.

—¿Qué quieres a cambio? –preguntó la señora Keiko.

Emma se incorporó para recoger los platos y llevarlos hasta el fregadero. Abrió el grifo y se entretuvo un rato dejando que el agua barriera los restos de comida. También la chica tenía algo triste que a la señora Keiko la conmovía. Quizás se preocupaba por su madre. La señora Keiko esperó unos segundos por su respuesta y luego decidió alistar un par de tacitas de la porcelana amarilla para tomar un té verde. Le gustaba el tono que adquiría el líquido en contraste con el fulgor de la porcelana.

—Lo que quiero —dijo de pronto la chica— es que cree para mí una muñeca de origami.

La señora Keiko tomó un traguito del té verde intentando no quemarse. El pulso le temblaba más que de costumbre porque había estado haciendo demasiado en el jardín y tal vez porque era un día particularmente frío. Nunca había sentido júbilo o sosiego doblando muñecas de origami; de todas las criaturas, esas figuritas presumidas le parecían las más obvias. En la Colonia todas las niñas armaban muñecas en las épocas navideñas y las pegaban sobre un redondel de plastoform. Las muñecas blancas eran las vírgenes recién paridas; las muñecas marrones actuaban del padre terrenal, José; y las muñecas sin brazos, solo cabeza y un cuerpo como de gusano, eran pequeños dioses, diminutos mesías cuyas cabezas las artesanas cubrían de purpurina para marcar tal estatus. Sus padres traían esas artesanías a Santa Cruz y las vendían por un precio que entonces era una fortuna. Recordaba a esas muñecas como seres ordinarios que no poseían ningún secreto. Recordaba que una muñeca joven, por ejemplo, necesitaba más pliegues que una dama antigua. Era una paradoja, en apariencia. Solo una vez, hacía demasiados años, había diseñado dos muñecas gemelas. Lo había hecho para probarse a sí misma que su *shinrei* era más grande que su orgullo herido, tan digno y bondadoso como el de su madre, capaz de trascender en las cosas más humildes, como el entrañable espantapájaros de la granja, o en las dimensiones más sublimes, como en la escarcha deslumbrante de la madrugada. Sí, había recortado un papel finísimo, como el de las hojas de una biblia, y había creado dos muñequitas tomadas de la mano, con un solo y continuo plegado, cual siamesas. Era imposible ahora recordar cómo había construido semejante obra. Lo pensaba, no con soberbia, sino con el asombro que le producía esa Keiko antigua, esa mujer que había amado y había sufrido como cualquiera ante lo escurridizo del amor de un hombre. ¿La habría amado profundamente el señor Sugiyama? ¿La habría amado con el ardor de esas fogatas que él se quedaba contemplando antes de asegurarse de que los hornos donde rostizaban los pollos se extinguieran completamente? ¿La habría amado así? Quizás no. De esa verdad vergonzosa había sacado la fuerza y la justificación para lo que ocurrió en el año de la serpiente.

Usaría papel púrpura para darle vida a la criatura que le reclamaba Emma. Recordó, eso sí, que había dejado sus materiales en el casillero que le habían asignado en la sala de manualidades de la cárcel. La rea de los escarabajos, la más rebelde, la que siempre había preferido que ella la llamara por su número de registro, pese a que en el ámbito de los talleres les estaba permitido dar sus verdaderos nombres, se había apropiado de todo el papel púrpura.

¡Esta quiere armar un jardín de sangre!, había comentado otra estudiante para provocar alguna reacción. A veces reían a carcajadas, pero pronto volvían a la calma que requerían sus tareas manuales.

El primer promontorio de tierra negra que trasladaron con dos baldes se parecía tanto al trabajo de las hormigas tropicales que cuando Emma lo comentó, la señora Keiko se echó a reír. Sí, las dos tenían los ojos avellanados, negros como el alquitrán, y quizás se parecían a un par de hormiguitas laboriosas. ¡Las cosas que esa chica le hacía imaginar!

—Adentro —dijo Emma—, debajo de la tierra ellas crean túneles muy largos. Es una arquitectura hermosísima, tan perfecta que si uno fuera de su tamaño creería que se trata de un castillo. Los túneles se conectan como las venas que entran y salen del corazón. Las hormigas más chiquititas se pierden en esos laberintos. También hay habitaciones, pequeñas celdas donde una hormiga puede quedarse quieta durante un largo tiempo, mientras las demás pasan de largo en una hilera militar perfecta. La reina tiene su propia habitación y allí pone sus maravillosos huevos. Las humildes le llevan el alimento. Al final, cuando los huevos revientan y nace la nueva estirpe, la reina muere. Es siempre mejor ser parte del montón, de la larga hilera, porque de ese modo nunca estás sola.

Todo esto explicó Emma de un modo tan entusiasta y vívido que la señora Keiko miró al suelo, al promontorio de tierra que ellas mismas habían formado para trasladar de una esquina a otra del jardín, y distinguió en esa negrura helada la vida invisible de las hormigas y sintió que el pecho se le oprimía, aunque la inquietó no saber por qué. Si era ternura o admiración, si temblaba de vejez o de emoción, si era un deslumbramiento tan distinto a todo que el mundo dejaría de ser lo que había conocido. Miró a Emma con ojos nuevos, sus ojos asiáticos. Eran ojos grandes, de hormiga. *China cochina ojos de hormiga...* ¿No era así que le cantaban las compañeras de la secundaria, cuando su padre decidió finalmente mandarla a estudiar solita a la capital? Ella dejaba que le dijeran "china", que le dijeran "vietnamita", que le dijeran "japuca", "japuchina", "nipona cagona", "made in China" y otras rimas ridículas que ya su memoria antigua había ido purgando. Tal vez su inquilina había tenido que soportar burlas semejantes, aunque era consciente de que estos tiempos modernos auguraban otro tipo de crueldades y que la gente no era tan tonta como para no apreciar los ojos bellísimos de Emma, sus ojos amplios como una noche. Hiromi le había contado, por ejemplo, de una propuesta indignante que un compañero le había hecho. Desde ese relato de su hija, la palabra "exótica" la llenaba de ira, de asco. Era realmente triste ser una anciana temblorosa. Era aún más triste comprobar lo que secretamente siempre había sabido: que ella había resultado ser más fuerte que el señor Sugiyama. Pues allí seguía, pidiéndole ayuda a su inquilina para mantener con vida las plantas del jardín.

Emma quiso seguir cavando. Se había hecho dos trenzas en el pelo oscuro para poder trabajar de un modo más práctico. De rodillas sobre la tierra no era más que una niña. Tomó una lagartija que no había hecho nada para huir, la acarició por unos segundos y la soltó con benevolencia. La lagartija se escurrió por entre la tierra revuelta. La señora Keiko debió haberla interrumpido justo ahí, en ese momento en que Emma se arrodilla, le perdona la vida a la lagartija, le sonríe con una vaga felicidad y se acomoda las trenzas detrás de las orejas de duende, las mismas que el señor Sugiyama había ostentado como la herencia más digna de su familia original.

Es verdad, la señora Keiko debió haber atado cabos precisamente en esos segundos, cuando Emma, las manos llenas de tierra fresca, levanta su carita y le sonríe. Si la señora Keiko hubiera tenido la mente más clara, habría notado que a su inquilina no le hacía frío, pese a que el viento del sur ya arreciaba y una llovizna tan ligera como su arroz picoteaba las cabezas, las plantas, el alar de la galería. En cambio, la señora Keiko se detuvo por un instante en otra idea. Como un pájaro indeciso entre la rama y el fruto, la señora Keiko se regocijó en el pensamiento de que, cuando llovía, el mundo parecía bueno, cubierto por la gasa traslúcida del agua.

La señora Keiko se estruja los párpados. Emma es ahora esa niña que hace tantos años tocó la puerta de la casa, no la principal, sino el gran portón del restaurante. La mujer que la trae −Braulia− la empuja suavemente. La niña dice que busca al señor Sugiyama. La piel acanelada contradice los ojos asiáticos. La señora Keiko siente que su corazón se ha transformado en una máquina llena de aspas, de esas que su padre adquirió cuando iniciaron la fábrica de fideos. Aspas que terminarán descuartizando los órganos que acusan su dolor: el corazón, el estómago, los pulmones, los ovarios. Todo aquello que tiene que ver con amar, poseer, respirar, entender y perdonar.

La recién llegada trae un cesto pequeño cubierto con un paño tejido en esos colores propios de los guarayos: un violeta brillante desafiando al amarillo oro. La señora Keiko quiere concentrarse en ese obsequio, en el paño colorido que cubre la sorpresa. La niña dice que es para ella. Estira los bracitos.

Emma estiró los brazos desnudos. Continuaba arrodillada en medio de ese reino de tierra revuelta.

−¿Está bien esta cantidad? −preguntó.

La señora Keiko apenas podía hablar con esas aspas interiores descuartizándola. Era la misma. Emma y esa niña. La niña. La que traía con tanta mansedumbre la cestita como si fuera una ofrenda. Las mismas orejitas. Los ojos.

La señora Keiko toma la cesta. La niña pregunta por el señor Sugiyama. Es su padre, dice. El señor Sugiyama sale de la cocina, se seca las manos en el delantal. No está sorprendido. Camina hasta la niña y le reprocha haber venido en chinelas. Dice, sin embargo, que le comprará zapatos nuevos.

La señora Keiko coloca la cesta sobre la mesa. Seguro hay panes o esas tablillas de naranja agria que cuecen los guarayos y que venden tan baratas, ignorantes de su valor, alejados de la ansiedad que es vender para ganar. Es tan humillante que esa niña le haya traído un regalo.

−¿Debo seguir cavando? −preguntó la inquilina. Sus rodillas se habían ido hundiendo en la tierra. La señora Keiko sintió que el pecho se le entibiaba. Era ternura por esa chica a la que no le importaba ensuciarse por ella y por sus plantas agonizantes.

A la niña que el señor Sugiyama acoge en su casa sin consultarle a su esposa la instalan en la misma habitación que a Hiromi. Son hermanas —sentencia el señor Sugiyama—, tienen casi la misma edad y las dos heredarán el restaurante. La señora Keiko se acostumbra a esa oscilación constante entre la humillación y la pena. La niña no tiene la culpa. Esa mujer, Braulia, la ha empujado a esta vida con aquella cesta. No eran panes ni mermeladas de naranja agria. Adentro había un montoncito de huevos alargados. La empleada que limpia los pisos le advierte que semejante obsequio puede ser un trabajo de brujos guarayos, los peores. Le dice que debe enterrarlos. La señora Keiko cava con sus propias manos un hoyo en el jardín —¿en qué lugar?, ¿donde luego cultiva los cerezos?, ¿donde intenta sacar adelante un injerto de mandrágoras que nunca llegan a florecer?, ¿dónde?—; allí, allí donde Emma está arrodillada, como si acabara de despertarse de un sueño subterráneo, allí entierra los huevos.

—Es tibia esta tierra —dijo Emma, invitándola con la mano a acercarse al trabajo de agricultura. La señora Keiko dudó de si debía acercarse a la chica. Ahora sentía un temor extraño. Mirar a Emma embarrada, rodeada de esas raíces blanditas que han emergido del revoltijo de tierra, la perturbó.

No son de pollo esos huevos. No son de pájaros que se darán modos de romper el cascarón con sus picos todavía blandos, temblando desnudos, sin el menor indicio del plumaje que llegarán a tener. Son huevos apenas contenidos por una tela sólida y que ella deposita con enorme cuidado en el hoyo del jardín.

—Es tibia, pero amarga. Luego uno se acostumbra —susurró la inquilina. Su voz se había debilitado. Parecía haberse puesto repentinamente triste. Un recuerdo demasiado físico se había instalado entre las dos. Entre la señora Keiko y su inquilina.

Los huevos son de víbora coral. Ni la empleada que limpia los pisos ni la señora Keiko se atreven a romperlos para exterminar esos engendros. Tendría que mandárselos de vuelta a la guaraya Braulia antes de que la maldad avance en su hogar como una onda expansiva de pólvora y veneno. El señor Sugiyama también es responsable, pero el señor Sugiyama no hará nada y nunca le dirá dónde vive esa mujer, la guaraya.

—Pruebe —dijo Emma, llevándose a sí misma un puñadito de tierra mojada a la boca—. Es puro mineral. Los chicos pobres comen tierra por eso. Los cuerpos buscan naturalmente lo que les alimenta. Pruebe.

Una tarde Hiromi y su hermana juegan en el jardín. Que no pisoteen las semillas de cerezo, son delicadísimas, pide la señora Keiko. Las chicas se aquietan un poco, se acuestan en el césped con los brazos abiertos como espantapájaros exhaustos de aguantar el viento y las cacas de los buitres. Las chicas no se llevan mal, pero a Hiromi todavía le cuesta aceptar a la hermana. La señora Keiko les enseña a construir hermanitas de papel con una sola pieza larga de lámina de seda. Hiromi siempre parte en dos a la parejita. Entonces la señora Keiko las deja jugar en el jardín, para que no haya reflexión que las perturbe. Ya no tienen el restaurante; ahora importan relojes de Tokio. Las chicas heredarán eso, un negocio que marca las horas, los minutos y los segundos con agujas de oro, de acero y de titanio. Mientras tanto, en esa niñez multiplicada, no hay un tiempo dominado por agujas, de modo que la señora Keiko las deja pisotear la grama nutrida con abono, los huesos de sus plantas, los gajos sostenidos por la fe.

—Hay gente que se cura las heridas con tierra —dijo la inquilina con la voz cada vez más debilitada y, sin embargo, segura de lo que decía. La señora Keiko sintió pena de las rodillas de la chica, todavía enclavadas en la zanja, aunque ella parecía no enterarse del esfuerzo de sus piernas. Era otra vez una niña traviesa en su reino de tierra.

No hay cómo saber que a la hija de Braulia la han mordido las corales. Son las 3:59 de la mañana, según dice el péndulo que el señor Sugiyama ha colgado entre dos biombos decorativos. No hay marcas de colmillos ni hematomas en su cuerpo desmañado, y la fiebre es confundida con el calor de la tarde, con los juegos en el jardín, con la alegría de tener zapatos, y cuando la garganta se le cierra y la señora Keiko le bombea el tórax instintivamente, ya no hay nada que hacer. Recién entonces la señora Keiko descubre en la nuca, donde acaba el cuero cabelludo y comienza el espinazo, esa perfecta filigrana de calcio, dos puntitos como lunares diseñados con tinta china.

—Yo curé las mías —dijo Emma.

La señora Keiko ya no tenía dudas. Supo que así tenían que darse las cosas. Era lo lógico. Levantó la vista y dejó que los últimos destellos de *komorebi* le acariciaran su cara antigua. Quiso preguntarle a Emma si a pesar de las heridas que la tierra le había curado todavía le dolía algo. No las rodillas, que a esas alturas de las tareas agrícolas de ese atardecer raro ya debían estar totalmente adormecidas, sino algo en su memoria. Un sentimiento de injusticia, tal vez; una púa de ira por esos bucles en que se había rizado su destino —quiso explicarle que también por eso el origami era un camino, una luz, porque jamás utilizaba bucles para solucionar una forma, pero supo que era estúpido hablar de origamis en ese momento trascendental—. Y quiso abrazar a la inquilina y acariciar sus orejas de duende que seguramente habían escuchado tantas cosas en esos años de espera.

—Todo ha sido una triste interrupción. *Shoganai*, Emma, *shoganai*… —dijo por fin la señora Keiko.

Emma no la corrigió. Entendía. El tiempo sin agujas de oro, de acero o de titanio, el tiempo subterráneo de las hormigas le había regalado otro lenguaje. Sus ojos rasgados veían lo que también la señora Keiko comenzaba a ver.

La señora Keiko y la pequeña Hiromi cavan un pozo hondo en el jardín. La señora Keiko no deja de gemir mientras envuelve en una sábana el cuerpo todavía dócil de la hija de Braulia. Y se tapa la boca cuando Hiromi arroja el primer puñado. Y se muerde los puños y se chupa las uñas llenas de mugre cuando instala macetas provisionales sobre ese lugar. Ese lugar. Cuando el señor Sugiyama regrese de Tokio le dirá que la niña se ha marchado, que ha tomado todos los pares de zapatos y se ha ido. Le dirá eso para que el señor Sugiyama no sienta tanta pena imaginando a la chica con esas chinelas denigrantes que les arrebatan la elegancia a las mujeres.

−Ven −dijo la señora Keiko, arrodillándose con dificultad ella también. Era definitivamente vieja, pero todavía podía ordenarles a sus articulaciones que le concedieran una posición, que la sostuvieran en ese último tramo.

Emma apoyó su cabeza en el seno de la señora Keiko. Ni en su más desbocada imaginación senil la señora Keiko la habría imaginado así, con esa dulzura de los que saben meditar. Emma había crecido y estaba allí, regalándole el aura de su juventud. Porque era eso, un aura, un resplandor que había encontrado el modo de materializarse. Era una corriente de *ukiyo* alimentándose de la tierra fresca para tomar la forma de un rostro, de unas trenzas de pelo oscuro, de un cuerpo elástico que había remontado su interrupción.

Porque todo había sido solo eso. Una interrupción. Un corte en la linealidad de un origami perfecto. Un tajo en la continuidad del tiempo. ¿No era así? Apenas una hendidura que ahora podían solucionar. Y si Hiromi quisiera, ella también podría venir, arrodillarse sobre esa fiesta de tierra negra y abrazar a su hermana o limpiarle el musgo de su carita.

El señor Sugiyama vuelve de Tokio y si sospecha algo, prefiere no indagar. Tampoco su salud opone mayor resistencia cuando un cáncer agresivo le mastica los huesos y los rellena de un viento frío. Consulta los libros de mitología oriental y acepta que ese año será definitivo. Cierra el restaurante para no legar deudas, liquida los relojes que todavía comercializa al por menor, instala máquinas baratas de revelado de fotografías para dejar algún negocito en la casa y manda a arreglar las goteras del techo. El señor Sugiyama ha perdido ya varios centímetros de estatura y su dorso se le adelanta dándole un aspecto taurino cuando Braulia viene una tarde y le entrega un bote lleno de aceite para el dolor. La señora Keiko baja los ojos.

–Las semillas ya son la flor… y solo respiran debajo de la tierra –le dijo la señora Keiko al oído derecho de Emma. Se sintió ridícula de intentar uno de esos poemas de pólvora que había leído hacía mil años en sus textos escolares de la Colonia. De todas maneras, se sentía tranquila de sostener a la muchacha en su abrazo y quiso inventar otro para ella, quiso decírselo en su otra orejita de elfo apartándole la trenza con su mano temblorosa. Un haiku-destello para consolarla por todo ese tiempo interrumpido, roto, arrebatado, para devolverle algo de la vida no vivida. Quiso recordar uno que le brillaba en la memoria –"encender una vela con otra vela…"–, pero no pudo completarlo, no encontró el camino que la llevara al encuentro entre la semilla y su cerezo[1]. Cerró los ojos y aspiró profundamente el aroma de ese pelo mineral de la muchacha. Quiso apretarla más, sentir vivas sus vértebras, pero no supo si tenía las fuerzas para hacerlo o su *shinrei* ya se había desprendido. Cómo saberlo. Ya no había modo. Solo luz u oscuridad, un mismo pliegue. Oscuridad y luz.

1   "Encender una vela con otra vela…" es un fragmento del poema *Primavera*, de Yosa Buson.

SOCORRO

—Esos chicos no son de tu marido —dijo la desquiciada de Socorro en el desayuno, mirando a los gemelos, que se disputaban la dirección de un dron Flypro, un regalo de León que me había parecido excesivo.

Yo sonreí, intentando desarmar la tensión que me abollaba las mejillas de ese modo artificial tan parecido al efecto del bótox que había notado en mi propia madre apenas verla. Pero lo mío no era bótox, sino la tendencia de mis músculos a compactarse a modo de inútiles escudos. Quedaba claro que mis pómulos rígidos como puños no iban a poder defenderme de los embates de Socorro. No había visto a mi tía por muchos años, pero por más que me esforzaba en identificar algún deterioro más agudo que el de una membrana de tiempo sobre sus rasgos más bien reposados —tan distinto al timbre algo chirriante de su voz—, solo podía notar lo bien que la locura la había protegido de la violencia de la vida. ¿Cuántos años tendría la loca? ¿Cincuenta, sesenta años? Calculé que debía ser una década más joven que mamá, que como seguía negándose a precisar su año de nacimiento, hacía difícil marcar hitos en esa familia zafada de dos, ella y Socorro, Socorro y ella, desde el comienzo de los tiempos. Tras el vapor de su taza de leche –porque la loca tomaba leche hervida con azúcar, seguramente arrastrando residuos de su infancia–, su cara parecía resurgir de un sueño.

–Esos chicos –continuó la loca de Socorro– son la encarnación de tu primo. ¡Mirá esas barbillas! ¡Esos ojos! Ay, ¡qué ojos!

No supe en ese instante si me estremeció más la calumnia de la loca o la carcajada con que acompañó eso que parecía una admonición.

¿Por qué me costaba sentir simpatía por la pobre mujer? Yo misma había estudiado psicología clínica en Córdoba y me había especializado en Boston en "objetos umbrales" de la percepción límite –región árida de estudiar y de explicar–, y durante mi experiencia profesional, que no era vasta pero sí constante, había conseguido equilibrar estructuras psíquicas totalmente desbordadas. A Socorro podía clasificarla con facilidad –los tratamientos prehistóricos con electroshock habían convertido lo que pudo haber sido un único brote aislado de psicosis juvenil en una personalidad enajenada, al límite, efectivamente–, y aun así había algo en la manera en que ella formulaba su lenguaje que me expelía de la zona tolerable de interacción. Sentí piedad por los terapeutas locales que habían tenido que tratarla, lidiando además con las preguntas llenas de ignorancia y soberbia de mi madre. Quizás en los enunciados enfermizos de Socorro había una intención que cualquier gurú de los que últimamente mezclaban unos cuantos conceptos de psicología con esa fanfarria que es el pensamiento metafísico llamaría "maligna" y que yo, amparada por teorías clínicas más convencionales, estaba en posibilidad de detectar como "resentida", o "negativamente eufórica". Por supuesto, no se trataba de ese tipo de resentimiento más bien nostálgico o melancólicamente narcisista que albergan algunos artistas olvidados o los boxeadores a los que les han destruido el cerebro, pero que mantienen sus medallas colgando de las paredes, pendiendo del humilde clavito del fetichismo. Socorro exudaba un dolor putrefacto, una secreción incorpórea que excedía los problemas neurológicos, tan sobrevalorados, por cierto. Era así, con esas estratagemas de la neurosis excesiva, como defendía esa familia de dos que formaba con su hermana, mi madre. Debo decir, sin embargo, que me agotaba pensar. León se liberaba con facilidad de las manías de la codificación académica, pero yo, ni en vacaciones me daba una tregua.

—¿De qué hablan, muchachas? —intervino León, regalándonos, más a ella que a mí, una sonrisa luminosa, tan consciente de su sustancia varonil que por unos instantes me estremecí como en las primeras fases del enamoramiento. Socorro, sin embargo, era inmune a esos impulsos sexuales, a esos destellos de libido social.

—Le decía a tu mujer que esos chicos son copia fiel del original —paladeó Socorro su estocada. Tuve que repetirme unas cuantas veces que la mujer nunca había estado en sus cabales y que mezquinaba, como podía, su territorio afectivo. No debía ser fácil recibir en la casa fresca, reparada apenas en lo más urgente, a un clan completo que, seamos honestos, nada tenía que ver con ella. Socorro y mamá se las habían arreglado solas durante más de media vida y estaban bien así. Cada una en su delirio.

León me miró, todavía sonriente. Por supuesto que no entendía nada y quería que yo, la experta en orates, le tradujera el exabrupto de mi tía, que hiciera más comprensible la atmósfera que respiraríamos durante esa vacación obligada. (Pero, ¿quién nos había obligado a venir? Mamá nunca había dejado claro que nos extrañaba, sin embargo yo veía esa visita veraniega como parte de mis deberes filiales).

No hubo tiempo de que yo tradujera nada. Socorro prosiguió:

—Son idénticos al ahorcadito, son su reencarnación – sentenció. Y volvió a reír, esta vez tan fuerte que mamá tuvo que venir desde la cocina y contener todo ese despliegue de demencia matutina, al fin y al cabo, era el desayuno y nos esperaba un día larguísimo.

—¡Socorro! ¡Ya basta!

A media mañana fuimos al Santuario de Cotoca. Mamá quería ofrecer a los gemelos en la misa dominical. León y yo habíamos tenido un animado desacuerdo al respecto, algo que no llegó a convertirse en un conflicto porque mi marido asumía una identidad todoterreno cuando salíamos de vacaciones, una capacidad de autoenajenación que yo envidiaba, pues en mi caso las pausas solo conseguían iluminar las regiones de mi vida en las que habitaban fantasmas. Ya León se cobraría el agravio ético a su elaborado ateísmo de regreso a Fayetteville, donde la voz casi varonil de mamá, voz de fumadora, y la mirada de yeso de la Virgencita de Cotoca no le astillaran la templanza de su personalidad académica.

Socorro se mantuvo quieta la primera mitad de la misa y hasta se persignó de la forma correcta. Estaba bien adiestrada y no pensaba poner a mamá en su contra justamente cuando se sentía rodeada de intrusos o enemigos. Ya le había dado suficiente trabajo esa mañanita al negarse a exprimir sus senos con un extractor a pilas para aliviar los principios de una mastitis. Sin embargo, después del sermón, un relato bastante coherente sobre la ira de Jesús contra la incapacidad de la higuera para dar frutos, Socorro comenzó a inquietarse. Reconocí el impulso de hacer puños con las manos hiperactivas y pensé en sostenerla, pero temí que el contacto físico la excediera. Por turnos, y sin atisbos de vergüenza, comenzó a apretarse cada pecho como si quisiera arrancárselos, retornar quizás a lo más sólido y concreto de ella misma: su esternón. También despedía ese olor ácido de los quesos pueblerinos que secretan un suero transparente y viscoso como el plasma de una herida. Y cuando tocó darse la paz, Socorro me sonrió de un modo tan consciente de su propia locura que no pude evitar un escalofrío. O quizás solo me estaba resfriando. Un refrío sería, a esas alturas, un alivio, una causa, una razón científica y microscópicamente comprobable. En todo caso, pensé, ahora prestándole atención al lenguaje, a sus rimas obsesivas, a su cuerpo serpenteante, un resfrío era el escenario perfecto para todos los escalofríos, para todos los temblores, para todas las convulsiones. Cuán psicótica podía ponerse el habla. Estaba harta. Harta de todo, de mí, de León y su contención, de las tetas de Socorro, de ese viaje maldito. No ser un santo de yeso, el cerebro una masa compacta, las manos levitando como palomas en un gesto de falsa misericordia, las retinas celestes –¿por qué siempre celestes?– observando sin pestañear el dolor de los demás, el brillo de la superstición en los ojos desesperados del pueblo.

Socorro también observaba a los santos con un interés que parecía genuino. ¿Los interrogaba mentalmente? ¿Les reclamaba algo? Por un instante pude verla en la esencia de sus turbios quince años, convulsionándose a merced de los electrodos, entregándole la posibilidad de una vida a esas terminales de estupidez. Miré de reojo sus pechos enfermos, sus caderas arrasadas por antiguos estrógenos, y adiviné a la chiquilla psicótica. Había en nuestra familia de mujeres una voluntad de convulsión que apenas podíamos disimular.

De vuelta a casa de mamá, agotados de la caminata por el mercado de artesanías y con las cabezas calientes por ese sol que pegoteaba el polvo en el cuero cabelludo, decidimos parar un rato en la bahía artificial del río

Kiiye. Los emprendimientos turísticos habían promovido el florecimiento de restaurantes en la ancha playa. La parafernalia del hedonismo tropical no tenía límites: allí encontrabas hamacas de yute tensadas entre los tajibos para alquilar una siesta de un par de horas, equipos de pesca, masajes con aceite de ricino, paseos guiados o individuales en kayak e incluso un traductor que por cinco bolivianos por unidad de palabra escribía postales en guaraní y en bésiro a pedido del ánimo sentimental del cliente. Escuché que alguien pedía la palabra fiebre y el traductor decía "akanundú". Luego ese alguien pagó diez bolivianos más por el sol y por la luna. El traductor escribió: "cuarací" y "yací". Me pregunté cómo se diría entrañas, melancolía o pánico. Y también terapia. Pero no hice el intento de pararme y pagar por una traducción.

Si me preguntaran a mí, diría que "terapia" significa en este y todos los idiomas: "sacar la mierda", "comer excremento", "ordeñar la putrefacción".

Mamá dijo que los gemelos se merecían un premio por haberse portado como dos arcángeles durante la misa folclórica. Porque hay que decir que si algo hizo tolerable el ritual religioso fue el programa de canciones y las interpretaciones de violín de la orquesta, compuesta por niños locales que se habían formado con becas para indígenas en las academias de la Gran Chiquitania. León no había dejado de susurrarme al oído que, así como el holocausto había propulsado la investigación científica, la evangelización jesuítica parecía haber fecundado un arte fresco, salvaje, demasiado puro en esas criaturas de pelos tiesos. El infierno arde en paradojas, me había dicho León justo en el momento de la eucaristía, y su voz me había azotado la columna vertebral como un látigo amoroso. Siempre me había excitado su inteligencia y su maldad sutil. Era bueno desear a mi marido. Era triste no poder expresarlo de la mejor manera. Postergaba una y otra vez la necesidad de exponer esa contención con algún colega. Mientras las dinámicas afectivas se mantuvieran en un sano nivel de funcionalidad no tenía por qué derivar energías hacia esas zonas. Lo contrario implicaría una neurosis mucho más desordenada de la que dormitaba como parte estructural de mi personalidad. Mientras tanto, llevaba un cuaderno en que anotaba tramos incómodos. Así los llamaba, "tramos incómodos", lo que implicaba que yo me dirigía hacia algún lado, aunque no me había detenido mucho a pensar adónde. Esto que me ocurría ahora se ajustaba perfectamente a esas páginas del cuaderno. Era, sin duda, un tramo incómodo que debía atravesar sin delatar mis contracturas. Era lo que una persona —sí, una persona, cualquier persona— necesitaba para seguir sosteniendo el esqueleto de una vida. ¿O no consistía en eso el éxito de la terapia que yo había diseñado y que me había llevado a dar unas cuantas conferencias en la jungla académica? Una alquimia delicada de sentido práctico y voluntad para mantenerse cuerdos. Por supuesto, no había faltado algún fundamentalista de la rama de Freud que había criticado mis postulados considerándolos ineficientes, de resultados temporales y peligrosos, incapaces de decantar en una catarsis liberadora.

Pero aquí estaba, poniendo a prueba las bases de mi sabiduría clínica, casi resignada a que la dramatización autónoma de Socorro me dictara la próxima línea del guion. Miré a mis hijos, pronto dejarían atrás esa pubertad impenetrable, y no supe decir si ellos de verdad la estaban pasando bien.

—El clima está perfecto para que saquen su monstruito —les dije, sonriendo de la manera más amistosa que me era posible—. No hay viento y esto es puro campo.

Los gemelos sacaron el dron, León lo programó para que enviara las señales a los lentes de amplia visualización que él se había regalado a sí mismo, pero que en realidad completaba el desmesurado obsequio de los chicos. Siendo honesta, debí admitir que era un invento fantástico y que clausuraba para siempre los juegos ya prehistóricos que yo había soñado para ellos. Yo también quise pilotear un poco. Me enchufé los lentes e intenté movimientos sencillos, sin aventurarme en "picadas", "rasantes", "vuelo cenital", "abducciones" o algunos de esos términos de aeronáutica amateur que formaban parte de su lenguaje cada vez más mecánico. Pude ver desde la significativa altura que alcanzaba el aparatito ángulos curiosos de la ciudad. Me costaba recordar el sentimiento de ser parte natural de ella. La extranjería se hacía real en el regreso y no en el afuera. El panorama vertical que permitía el dron desnaturalizaba el paisaje, el planeta, la vida misma. Claro que le sumaba una belleza insospechada y me hacía valorar de otra manera el sentido de la vista. La arena de la bahía turística artificial parecía la piel de un mamífero gigantesco que se hubiera acostado a dormir una siesta. Un elefante o un búfalo rubio vencido por el peso de su propia mitología. Desde ese pájaro vicario me maravillé también con las copas de los tajibos. Habían florecido con una obscenidad y un esplendor que me expulsaban. Esos árboles ya no eran míos, por muy bellas que fueran sus flores amarillas, mis favoritas. De modo que mirarlos desde esa altitud soberbia me sanaba. Era así como se remontaban los traumas y las nostalgias, con una voluntad férrea de desapego. Desde el cielo, los tajibos no eran más que células planas que el viento terminaría algún día por despellejar.

Cuando terminé mi tour aéreo por esas porciones rurales, les encargué a los gemelos que tomaran algunas fotos y que no olvidaran reenviármelas al correo. Ya tendría tiempo de vaciar esa memoria y de no lastimar más la mía. Busqué con la vista a mamá y la divisé bajo las sombrillas coloridas. Socorro se abrazaba las rodillas, quizás protegía así sus pechos adoloridos, inflamados de prolactina, y esta posición adolescente contrastaba con su pelo blanco, esponjoso, rebelde.

—Tomemos algo —ordenó mamá, aplaudiendo dos veces cortitas, como en un baile de flamenco. Vi el placer de su cara súper cuidada cuando el mesero se acercó solícito a tomar la orden.

Mamá y Socorro se pidieron sendas limonadas y León ordenó una jarra de cerveza de barril para nosotros. Total, mamá iba a conducir porque era dueña y señora de la vagoneta que apenas hacía dos meses había sacado a crédito y que seguramente confirmaba ese estatus ambivalente de mujer pudiente y sola, a cargo de su hermana desbordada. No toda esa fotografía era desconocida para mí. De las conversaciones dominicales por Skype y por las veces que mamá nos había visitado en Fayetteville —sin Socorro— podía extraer los contornos de una vida que funcionaba sin tropiezos en su dinámica, en sus secretos vicios, en sus íntimas suciedades. Del alivio que sentía cuando esas conversaciones y visitas terminaban, podía deducir de mí misma que no tenía la valentía o la determinación de volver a acercarme a mi madre y reconectar lo que fuera que alguna vez habíamos tenido entre nosotras, más allá, claro, del amor tácito que suponía deberes… Como en el que ahora estaba embarcada.

Me quité los zapatos. Me tranquilizó el contacto áspero de esa arena tropical, tan distinta a la seda apenas granulosa de los océanos de Estados Unidos. Las vacaciones estaban resultando ser lo que había anticipado. Y es que, si algo me había dado mi profesión, mi constante análisis de subjetividades devastadas por fantasmas escurridizos, difíciles de atrapar, era una capacidad profética que, más que tranquilizarme, casi siempre me amargaba. Pero había tenido razón: nada iba a ser fácil en la casa de mamá.

No experimentaría la alegría de ningún infantil descubrimiento —mamá había regalado, quemado o tirado casi todo— ni el consuelo inesperado de ninguna reparación. Ahí permanecían irreductibles la furia de Socorro y el cariño distante de mamá que ni siquiera con los gemelos se ablandaba.

Sorbí el líquido lentamente agradeciendo esa amargura sana de la cebada y me sentí mejor constituida por la certeza de que solo nos faltaban dos semanas; en un abrir y cerrar de ojos estaríamos despidiéndonos, certificando con Sanidad el traslado de salteñas de pollo congeladas, los dos kilos de charque que mamá nos prometía cada mañana y que inevitablemente me hacían pensar en contrabando de cadáveres disecados a sal y sol, rituales que resultaban vacíos y que me producían un cansancio inmenso, pero que ejecutaría con tal de no desencadenar ninguna tormenta.

Mamá y León se entregaron a una apasionada conversación sobre el cambio climático. La charla no estaba exenta de forcejeos. Mamá defendía con fiereza todo ese montaje de la bahía Kiiye. Por esos días León había aprovechado para recoger información, hacer preguntas, tomar algunas fotos con el dron, pues todo lo que pudiera aportarle algo de exotismo —esto era, claro, una interpretación mía— a un ensayo que preparaba sobre una nueva moda que resultaba llamarse "antropología sensorial" era más que bienvenido. Mamá era una fuente entusiasta, especialmente porque era buena con las fechas. Contó por enésima vez la leyenda climática del año en que nací yo y que coincidió con su divorcio —"fueron dos meses de un chilchi persistente; todo se llenaba de hongos, la piel, la ropa, las sábanas, todo… yo creo que estábamos malditos"—; León activó secretamente la grabadora de su iPhone (aunque no hubiera sido necesario, pues mamá siempre fue nula con las cosas técnicas). Socorro acompañaba el relato con efectos especiales que León registraba como prueba preciosa de esa dichosa *antropología sensorial*. Si mamá decía que había llovido durante semanas, Socorro chasqueaba la lengua imitando el sonido desesperante de esa lluvia que papá había aprovechado para no dormir en la cama matrimonial; si mamá decía que de las entrañas de la pared que dividía su caserón de la galería del vecino brotaba un sonido ronco y que ella nunca se creyó que fueran gases naturales del antiquísimo material de albañilería, sino el llamado de algún entierro repleto de libras esterlinas, Socorro gruñía imitando lo que ella consideraba era un rumor de ultratumba, y cuando León preguntó qué era un "entierro" las dos se disputaron el turno para hablar y explicarle al gringo el modo antiguo en que la gente les heredaba a sus hijos y a sus nietos las riquezas acumuladas en años de privación. A veces los hijos se enteraban en sueños de que debían derrumbar una pared para descubrir, con un alivio que dolía, que eran dueños de una riqueza impensable. La anécdota me hizo pensar en Freud y tuve que darle algo de razón, estábamos inexorablemente ligados a los pecados y las obsesiones de nuestros padres, a sus "entierros", a la putrefacción de su herencia en las entrañas de una pared silenciosa, plagada de ojos y oídos. Necesité levantarme y caminar sola por la orilla del río.

Era increíble cómo esa industria del turismo había recreado incluso el empuje del agua, la fuerza de la corriente que no se dirigía a ningún mar. ¿O sí? ¿O también los inventores de ese universo se habían dado modos de abrir un curso secreto y liberador hacia el Litoral? Pensar que los gemelos no sabían lo que era educarse sobre la base de un complejo, de una carencia constituyente. Yo siempre sentiría el despojo del mar y siempre cultivaría la ridícula esperanza de que los chilenos un día nos pidieran perdón por todo ese ultraje histórico y nos devolvieran aquello de lo que nos habían mutilado: el agua, su vastedad verdadera. Qué locura.

—¿Por qué Socorro dijo eso? —Me sobresaltó León. Habría pasado una media hora y yo me había ido adentrando en el río, convocada no solo por la inercia del agua, sino por los delfines rosados bebés que el Municipio se empeñaba en criar en un sistema ecológico que no era el suyo. Los más pequeños no se aventuraban a los saltos deportivos que los adultos ostentaban como si les pagaran un sueldo envidiable, pero en cambio se dejaban acariciar los picos entrecerrando sus bellísimos ojos.

—¿Me escuchas? ¿Por qué tu tía te molesta con ese tema?

—¿Lo del "ahorcadito"? —suspiré. Solo quería seguir acariciando los picos de los delfines bebés y en cambio León me jalaba hacia la orilla hiperreal. Hacía esfuerzos por mantenerme derecha en la corriente. La cerveza había amortiguado mi angustia y de todos modos no iba a dejar que León estropeara esa mínima redención.

—Sí, lo de tu primo. No sabía que le decían el "ahorcadito" y no sé si me interesa saber la meridiana razón. Pero sí me gustaría saber por qué tu tía dijo que los gemelos son "copia fiel". Eso dijo. ¿Por qué?

—Porque está loca, ¡por Dios!, ¡León!

Mamá, que si en algo siempre había sido útil era justamente cuando intervenía para disipar tormentas, aun cuando tuviera que atravesarse el hígado con todos esos rayos y centellas, llamó a León para que probara el pacú. Había pedido dos fuentes de pacú y una de yuca frita. Mamá no se cansaba de enfatizar que el pacú, indiscutible privilegio de la Amazonía, dios anfibio que no se reproducía en ninguna otra parte del mundo, era buenísimo para las ganas sexuales. ¿Qué vería en nosotros? Sin duda no éramos una pareja de sexópatas, pero la frecuencia de nuestros encuentros entraba en el promedio, que me lo dijera a mí que atendía tantas patologías íntimas. Claro que debía admitir que yo misma hacía cinco años que no programaba ninguna "reorganización" afectiva, pues los colegas que tenía a mano habían pactado de un modo vergonzoso con la psiquiatría pura y sus negocios psicotrópicos. La soledad, ahora caía en cuenta, se daba modos para sentar presencia en muchos niveles de mi vida.

–Y también llamalos a los gemelos, que dejen un rato ese aparato demoníaco –ordenó mamá. Con nosotros no tenía que ocultar lo mucho que le asqueaba la tecnología. Se las arreglaba con las aplicaciones de su teléfono celular, pero que no le exigieran más. Incluso para llegar hasta Fayetteville había pagado los servicios de una agencia turística y había cruzado los aeropuertos en una silla de ruedas, blindada por enormes gafas de sol para que nadie, por esas estadísticas irónicas de los aeropuertos, la reconociera.

–¡Demoníaco! –exclamó Socorro y se sumergió en su carcajada obscena, la de decibeles profundos que me ponía los pelos de punta. Sus pechos temblaron humedeciendo la blusa. Sentí asco. Pero eso no sería suficiente. Entre estridencia y estridencia, se fue acercando hasta donde los gemelos capitaneaban el control remoto de su máquina posthumana y les dijo algo que yo no alcancé a escuchar. Vi que tomó a Junior de la barbilla y le sostuvo la cara con delicadeza como para observarlo mejor. No sabría decir si lo que sentí en ese momento fue el impulso de la defensa o unos celos absurdos, celos de una loca que escoge en la ruleta rusa de su vapuleada psiquis a un eventual objeto de amor –una proyección-introyección imposible–. Sí, un objeto de amor que, por virtud del sistema binario que componían mis hijos, resultaba ser mi antítesis. No era Junior el que había registrado mi nariz de punta ancha y la distribución de los rasgos faciales. Junior no se me parecía en nada. Junior ponía en evidencia otra genética. Y era a él a quien Socorro le había sujetado el mentón y le había cantado con una voz tan desafinada que parecía revolcarse en su desquicio: *amorcito, corazón, yo tengo tentación de un beso… compañeros en el bien y el maaal…* Y luego otra vez la carcajada que destruía el mundo. Cualquier mundo posible.

Era demasiado. Hice cuentas mentales y concluí que la plata nos alcanzaba para pagar la multa que imponía la aerolínea por adelantar el vuelo. No iba a importarme arribar a algún aeropuerto masivo y manejar cruzando todos los puentes de Little Rock. Seguramente habría espacio. Ya podía vernos a los cuatro surcando los cielos del retorno y la liberación.

La decisión mental me había dado algún respiro. De regreso a la casa de mamá y Socorro sentí que mis músculos se distendían un poco. Me apoyé en la ventanilla y cerré mis ojos. El último sol de la tarde me abriría los poros −que yo había aprovechado de "sellar" con tres sesiones láser en ese paraíso de la cosmética que era Santa Cruz−. No me importó. Que entrara ese sol sucio a ver si él iluminaba algo que yo no podía ver. Algo, un cuerpo o un sofá sobre el que mi memoria había tendido una sábana blanca. Me esforcé, me hundí en mí como me había ido hundiendo en el río Kiiye; improvisé las piezas perdidas de antiguos rompecabezas. Tanteé en esa oscuridad la silueta del "ahorcadito", como lo había llamado mi tía con tantísima impudicia, haciendo de ese diminutivo una transgresión horrible. Solo pude recordar sus ojos, los ojos de Lucas, no su cara, no la forma de su boca, no el conjunto de sus expresiones, solo rasgos aislados como se suele recordar un trauma. Vi el lunar matemático que tenía entre el labio superior y la nariz, en una equidistancia que te hacía pensar que las caras acarreaban su destino. Sus ojos. El iris del izquierdo siempre abierto por culpa de aquel estúpido y brutal accidente en la moto –acaso su primer intento de suicidio– y el derecho que, al buscar el balance de la luz que invadía su cerebro por esa puerta ancha del iris dañado, se contraía. Muchas veces quise creer que finalmente se colgó, no por mí, no por lo que se decía de su origen, de su historia, de la herencia no deseada que se manifestaría un día en su sangre, sino por la luz excesiva que seguramente arrinconaba sus neuronas en la bóveda de su pobre cráneo. Sí, era eso, la culpa la había tenido la luz que irrumpió a las malas y calcinó su fantástica sustancia gris, esa con la que me había amado y con la que me había compuesto canciones. El bosque secreto de su cerebro seguramente habría sido un lugar infestado de sombras.

Decidimos no cenar. Estábamos tan cansados. Socorro se quejaba de dolor. Mamá le arrancó la bata como quien se apresta a un exorcismo.

–¡Te exprimís los pechos o te dejo encerrada!

Socorro arrugó la cara, pero de inmediato abandonó ese gesto retráctil y se encaramó en su pequeño espectáculo de llanto y autoconmiseración. Mamá le arrancó el sostén con una llave digna de un karateca. Los pechos enfermos ni siquiera cayeron vencidos, tan tumefactos estaban.

–¿Por qué será tan difícil todo con vos? –le espetó mamá bajando el tono, casi con dulzura. Socorro se alejó semidesnuda. Era una bárbara.

A los gemelos me los saqué de encima con una botella de Coca Cola y marraquetas con mantequilla.

–Por Dios –rezongó mamá–, eso es comida de albañiles.

Esa noche desperté afiebrada. Tanteé el piso con los pies encogidos, pero solo encontré la cerámica fresca, ¿dónde habría dejado mis chancletas? León dormía con un abandono conmovedor. Busqué también a ciegas las chancletas de León, pero recordé que sufría de unos hongos invencibles. Decidí ir descalza hasta la cocina. Atravesé el patio con paso rápido y comprobé lo que todos los adultos descubren: que los patios de la infancia se achican con los años. La plantita de mandrágora que, según la explicación de mamá, había florecido por fin, después de años del cuidado obsesivo de Socorro que abonaba sus raíces con cáscaras de plátano, despedía un olor terrible, amargo, apenas atenuado por la humedad del limonero que ya apenas daba frutos. Prendí la lamparita de la cocina para no armar mucho escándalo a esa hora –¿qué hora sería?, ¿las cinco?, ¿la más oscura de la madrugada?– y miré mi entorno para reconocer ese súbito mapa familiar. Sabía que en el cajón que colindaba con la cubertería mamá guardaba medicinas. Siempre las había atesorado. Tanto que lo primero que León hizo al llegar fue echar a la basura todos los frascos y blísteres con fecha vencida. Mamá lo había mirado hacer con el corazón agusanado por el sentimiento de despojo. Seguro le había dolido cada una de las pastillas que León había lanzado al tacho con una puntería juguetona. En cada píldora, en cada brevísima cápsula, celeste, dorada o púrpura, antibacteriana, antitusiva o relajante, ¿no había acaso la promesa perfecta de otro mundo? Claro, era eso lo que prometían mis colegas enemigos. Era a esa fuga fácil y artificial a la que yo siempre me había opuesto. Sin embargo, estaba dispuesta a pagar por una multa de cambio de pasajes para huir de la persecución de Socorro, de su saña incomprensible. Aviones o cápsulas, miligramos o millas, todo era una forma de evadirse.

León había hecho tan buen trabajo que ahora solo encontraba sales de fruta, latitas de Mentisán a medio usar y sueros para la diarrea. Ni una sola aspirina.

—¿Qué te pasa?

Di un brinco y me agarré instintivamente a la cubertería. Los cuchillos largos para el pan y los gruesos para destazar pollo estaban en su molde de madera junto a la licuadora, lejos de mi alcance.

La cara de Socorro cubierta de crema Nivea —lo supe por el olor inconfundible— resaltaba esa mirada alucinada. (Quizás era eso, esa crema barata y olorosa, y no los sublimes picos de la locura, lo que la había mantenido detenida en un tiempo limpio, exento de la ansiedad de vivir cíclicamente).

—Tengo fiebre —le dije. Necesitaba darle una respuesta rápida, algo que estableciera una mínima cadena de conversación lógica. La angustia que me producía conversar con mi tía era infinita.

—A ver... —dijo Socorro, acercándose a mí con pasos torpes. Una zombi doblemente atolondrada. Estiró la mano y con un gesto maternal que no sospechaba en ella asentó el dorso sobre mi frente.

—¡Ay! —exclamó— ¡Quemás!

Sonreí. Su reacción había sido genuina. No era simpatía precisamente lo que su gesto desmesurado me provocaba, sino el pequeño goce del teatro. Una de las terapias que siempre me había gustado ejecutar con pacientes que llevaban ya un tiempo considerable en tratamiento era el de la dramatización. Les pedía que encarnaran a esas personas que representan un problema y casi siempre la máscara cedía, la sombra se replegaba, el dolor palpitaba como un animal despellejado. No era el caso nuestro en aquella cocina ajena, pero la pulsión de Socorro por ocupar un lugar maternal con relación a mí me había generado otra cosa. ¿Ternura? ¿Nostalgia? No había nada allí, un resto, una emanación o una sombra que merecieran tales sentimientos. No quedaba nada de mí en esa casa.

—Acá debe haber algo para los ardores —susurró Socorro y la palabra "ardores" cobró su justo sentido. Era la que había usado durante sus fases más críticas, algunos años atrás, cuando se había empeñado en denunciar a mamá ante cualquiera que le prestara algo de oído. Afirmaba que mamá le había hecho extraer el útero y los ovarios, la había "vaciado" para que ella nunca más pudiera empreñarse de un cachorrito. Formalmente era cierto, mamá había autorizado la total histerectomía de su hermana para salvarla de un cáncer. Pensándolo crudamente, mamá era la única dueña de ese cuerpo atribulado de batallas en el que mi tía sostenía sus dolores. Sin embargo, y también con justa razón, para Socorro el motivo de esa amputación interior era otro. Mi padre, el marido de su hermana, la había "tomado". Eso repetía la loca apostada en el portón de la casa, "me tomó", decía. Y los vecinos la miraban entre la condescendencia y el morbo. Socorro nunca se había equivocado en un solo dato. Era el archivo estadístico de todo, recordaba las fechas de los cumpleaños, las edades, la hora exacta en que habían sucedido los eventos, climáticos o familiares. De modo que si decía que su cuñado la había "tomado" probablemente la espina de una verdad asomaba de entre su lengua desquiciada. Claro que de eso jamás hablábamos. Yo lo supe por las peleas escandalosas de mis padres, esas confesiones que de tan vociferadas perdían todo su importante misterio.

Socorro abrió los cajones altos y la luz de la lamparita de la cocina le transparentó la bata de dormir. Pude ver otra vez los pechos grandes, enfermos, unos pechos que habían tenido que renunciar a la leche natural —eso fue lo que pensé—, y que ahora se inflamaban de esa leche terrible, colateral, que producen algunos psicotrópicos. El izquierdo estaba especialmente lleno, pero Socorro había

ganado la batalla de la tarde y se había negado rotunda-
mente a exprimírselo, pese a las amenazas de mamá que
le decía que iba a hacerla chupar con un bulldog recién
nacido.

Cuando ella vació el táper con blísteres y sobre-
citos para la digestión, noté una diligencia suave en sus
movimientos. No siempre era torpe. Si algo la movilizaba
genuinamente, superaba ese adormecimiento triste de los
supresores. Miré su cara con mayor atención. La crema
Nivea se había absorbido y, bajo la piel brillante, pude
reconocer la misma estructura ósea que nos era común
a mamá, a mí, a ella. El mentón bien redondeado que
endulzaba nuestros rostros y suavizaba en algo los ojos de
párpados adiposos, sufridos; la punta de la nariz que era
todo menos una punta: era una voluntad arrolladora que
desafortunadamente solía implosionar. Sentí un maldito
nudo en la garganta.

—A mí no me dejaron verlo —dijo así sin más, mientras
sus manos organizaban por colores las pastillas del táper
(era la forma que mamá había encontrado de que su
hermana no se intoxicara si por algún motivo tenía que
administrarse sola las medicinas).

Me quedé en silencio. Sabía a quién se refería. Quería
que la loca se callara en ese instante. Quería que las
vacaciones terminaran ya y que me permitieran irme,
con mi marido y mis gemelos y sus máquinas diabólicas
o divinas que miraban tempranamente el mundo desde
arriba, con precoz arrogancia.

—Yo no te puedo decir que yo estaba clara —dijo
Socorro, suspirando con un silbido como de gato. ¿Era
posible que debajo de tanto químico todavía se pusiera
nerviosa? Recordé un ensayo histórico sobre las hierbas
que en la antigüedad se les daba a los enfermos mentales,
algunas tan poderosas que distendían los músculos, incluso
las cuerdas vocales, generando una voz destemplada,

animal. ¿Cuál de todas las voces y esas risas descomunales que esos días le había escuchado a mi tía era la suya?

—¿Cuándo no estabas clara?

—Esa noche que te digo. Cuando entré en el garzonier. Fui a llevarle la cena porque ya le estaba prohibido comer con nosotras. Vos sabés que tu mamá lo odiaba. Le molestaba tanto tener que hacerse cargo de un sobrino huérfano, ni siquiera porque lo vio crecer desde ese instante. ¡Ese instante!

—¿Qué instante, Socorro? ¿Desde el *primer instante*, querés decir?

—Yo no quiero decir nada. Nunca decir nada, ¿no era así? Así era. No decir, no llorar, no reír… —Socorro tomó un vaso sucio con restos de Coca Cola y actuó en el escenario interior de su memoria—. Tin, tin, tin hacía la limonada. Creo que no le había puesto azúcar. Yo también quería castigarlo y a él le llevaba la limonada sin azúcar, ¡pobre mi cachorrito! —Socorro rio y los pechos se le mecieron. Temí que largara otra de sus risotadas sísmicas, pero debajo de todo, de todas las capas de sus voces, de las membranas celulares estalladas por los medicamentos, de la borra de esa leche enferma, quedaba ese rayo hermoso, el de la intuición.

—¿Por qué querías castigarlo?

—Vos ya te habías ido, hacía tres meses, y todo estaba bien en nuestra casa —Socorro dijo "nuestra casa" expulsándome, incluso en su recuento histórico, de ese lugar—. Lucas siempre estaba calladito para no molestar a tu mamá. Pero entonces llamaste. ¿Te acordás que llamaste? ¿Te acordás?

—Me acuerdo —dije, para abrir la posibilidad de eso que yo no estaba segura si era un recuerdo o un delirio. Tan intensas todas las imágenes que me arrojaba Socorro como un vómito, como el arco del vómito de un hígado en metástasis, esa bilis que puede producir alucinaciones y que requiere de una medicación idéntica a la del paciente *borderline*. Qué frágil era el equilibrio de todo.

—Dijiste que estabas embarazada… Dijiste que eran dos. Dos. Y yo pensé que era mejor dos que uno porque siempre algo puede fallar —Socorro estalló en risas y luego se apretó los senos.

—Nada iba a fallar —repuse yo, como protegiendo el pasado de la posibilidad de cualquier malagüero.

—Entonces yo tuve que contarle. Alguien tenía que contarle a Lucas. Pensé que eso iba a darle alegría. Tan bonita que es la alegría cuando sos joven. Es un ardor total —volvió a reír Socorro—. ¿Cómo iba yo a saber que el cachorrito era un poco tonto? ¡Tonto, tonto! —Socorro todavía reía, pero las lágrimas ahora se deslizaban sobre la crema Nivea y le humedecían el camisón—. Si yo los había visto a ustedes esa misma noche de tu casamiento con el gringo. Ahí, en el cuartito de planchar —Socorro apuntó efectivamente el cuarto que quedaba al otro extremo del patio, más allá de lo que antes había sido la noria de agua clara y honda y que ahora era aquel redondel con macetas de helechos entre los que reinaba la mandrágora hedionda recién florecida. Un foco amarillento mantenía ese cuarto de planchar en el lugar de donde yo no quería sacarlo.

—Vos nos viste… —dije despacio. Se me había cerrado el esófago y necesitaba un vaso de agua. Era el resfrío, sin duda. Le quité de las manos el vaso y bebí un trago de esa Coca Cola aguada. Busqué una silla. Socorro siguió de pie, las piernas ligeramente abiertas, como tal vez se sostienen los soldados exhaustos.

—Vi su columna con todos los huesitos, doblándose sobre vos como un príncipe. Vos eras para él y él era para vos. ¿Quién dijo que alguien no es para alguien? ¡Que son hermanos, desgraciada! —chillaba tu mamá. ¿Te das cuenta, perra?, me escupía la cara como para despertarme.

¡Ella era la loca! —estalló Socorro en una risa inmensa, un rugido que era puro vértigo.

Quise suplicarle a mi tía que interrumpiera ese relato. Busqué a mi alrededor un objeto, un fetiche, cualquier cosa que sirviera como esos *objets trouvés* de las películas que despiertan de su insignificancia para modificar el curso de las cosas. Los cuchillos seguían en su molde de madera. El foco descolorido sumía el cuarto de planchar en lo que era: una tumba. El dron de los gemelos yacía desarmado sobre el mesón. Quizás si invitara a Socorro a pilotear el aparato, a mirar la ciudad desde un punto inalcanzable, todo ese espantoso recordar se disiparía otra vez en su necesaria bruma.

—Entonces, entré con la limonada sin azúcar, bien ácida para que su sangre tuviera vitaminas, el limón tiene vitaminas… Entré y no estaba ahí, en lo que él decía que era su "estudio". Alguien había partido en dos su guitarra eléctrica. ¡Rota! Y no era un ladrón porque también los casetes con sus canciones estaban destripados, y las fotos mordidas y las cartas, tus cartas picadas como con rallador. Salí al patio, miré en la noria porque esa noria era peligrosa, ahí se había ahogado Chocolate, ¿te acordás?, el perrito que recogiste del parque, al que al principio no se le veía el color del pelaje porque él y la sarna eran un mismo animal. Eras muy buena niña vos… Yo te quería… Pero la noria esta vez no tenía la culpa. Me fui calladita al cuarto de planchar. Todo en la oscurana. Así me sueño a veces. El estudio oscuro, el cuarto de la ropa oscuro. Pero había que prender la luz. ¿Vos entrás a los cuartos y no prendés la luz?

—Socorro…

—Prendí la luz del cuartito y primero vi sus pieses. Eran como los de Jesucristo. Lo viste a Jesucristo en el Santuario de Cotoca, ¿no? Así, pieses flacos, pálidos. Yo por eso prefiero mirar fijo a los ojos de la gente. Los pieses me dan tristeza. Luego vi su cara… Esa mancha morada que le daba la vuelta al pescuezo. Ni así estaba feo. Y es mentira que sacan la lengua. Mi ahorcadito no tenía la lengua hinchada. Y me miraba. Yo creo que me miraba. ¡Ay, esos ojos! ¿O a quién miraría? Vos sos doctora, vos debés saber a quién miran.

Quise pararme para abrazar a Socorro. Era, al fin y al cabo, la madre de Lucas. Quise, de verdad, pararme. Una sola vez había tocado a un paciente en una terapia y no estaba segura de si hacerlo estaría bien. Socorro no era mi paciente. Era mi tía. Era la madre de Lucas. Eso me decía ordenándoles a mis rodillas que me ayudaran a incorporarme, a sostener mi espinazo, mis músculos, mi desasosiego. Parate y caminá. Eso me decía sin poder entender por qué seguía sentada en la silla, con las manos aferradas a sus bordes.

Fue Socorro quien estiró sus brazos flácidos y tomó mi cabeza del mismo modo en que había acariciado el mentón y la cara de Junior. Mi cuello rígido se resistía. Socorro ejerció más presión sobre mis sienes, como si quisiera sentir mis pensamientos. En un acto instintivo de defensa, la tomé de las muñecas como si yo también quisiera calcular la presión sanguínea de sus ideas. Pero ella y su locura eran más fuertes. Llevó mi cabeza hasta su pecho. La loca sollozaba. ¿O era yo? Todavía mi cuello se resistía a ese súbito dominio, ella en actitud de predicadora que expulsa demonios y yo en calidad de endemoniada que defiende su malignidad. Pero una parte de mí quería ceder. Ladeé mi cabeza hacia la izquierda para no hundir todo mi rostro en ese tórax vacuno. Era imposible escuchar su corazón debajo de todo eso, de la pulpa purulenta de sus pechos. En cambio, sentí cómo su camisón empapado, de leche o de lágrimas, me adhería a ella venciendo mis últimas defensas.

—Ni yo ni vos tuvimos la culpa de nada —dijo la loca—. Espero que no se te olvide.

Mis manos todavía se sujetaban a sus muñecas, pero ahora sabía que era para administrar mi propio temblor. Tenía miedo de desbarrancarme en su abismo. Pero también quería ahogarme allí.

—Ni vos ni yo —susurró dulcemente —.Y menos Lucas. Hundí ya del todo mi rostro en su camisón. Saqué la lengua, lamí la tela, quizás la chupé, y dejé que esa leche antigua de Socorro me aliviara un poco. O que finalmente me contagiara, que me arrastrara para siempre y más allá de todas las corduras posibles con su turbulencia.

PIEL DE ASNO

It goes like this
The fourth, the fifth
The minor falls, the major lifts
The baffled king composing Hallelujah.

Leonard Cohen

Mi nombre es Nadine Ayotchow y canto en la banda
góspel del Templo Niágara en este hermoso pueblo
de Clarence desde hace muchos años. Treinta o algo
así. No tengo una canción favorita porque cada una
puede ayudarnos a expresar momentos distintos de
esta existencia tan llena de pruebas y caídas. Pero si me
insisten, me gusta mucho *Hallelujah*, de Leonard Cohen.
Mi vida ha sido precisamente eso que él sentencia en su
plegaria: "la caída menor". *Hallelujah* es una canción que
me hace viajar a esos años increíbles de los que les hablaré
en la Asamblea de hoy.

Tengo una casita cerca del río, pero subo hasta el
pueblo para las prácticas y las celebraciones. No siempre
viví en Buffalo. Antes de llegar a mi hogar, el que el

Señor había deparado desde el comienzo para mí, tuve que vivir en casas frías, en casas móviles, en hospicios, refugios, sótanos y en las carrocerías de los camiones. También debo decirles que en la prehistoria de mi vida yo vivía en el corazón de Sudamérica y estaba destinada a ser otra persona, pero la obra de Dios sobre mi existencia me trajo hasta acá y todo ha sido bueno. El Señor tomó mi destino pagano e hizo esta secuencia de días tranquilos. Es cierto que todavía el miedo está ahí, pero también es cierto que tengo mi voz para cantar y espantarlo. No hay otro modo de sacarlo de mi cabeza. Sé que cuando, en unos días, me extraigan esa masa perniciosa que sube desde mi pituitaria y asecha a la glándula pineal, el Señor defenderá mi talento, mi canto y quizás también las porciones más importantes de mi memoria.

Agradezco a nuestro *Preacher* Jeremy por acompañarme en esta charla. Me siento tan abrumada… No, no es esa la idea que quiero transmitir… Es un honor muy alto que consideren mi curación como un caso de interés médico. Yo querría haberme preparado mejor para relatarles esta historia humilde, pero *Preacher* Jeremy me ha insistido en que el tiempo también es un regalo de Dios, especialmente en mi caso. Ustedes me conocen y saben que no soy una persona leída, mi educación es modesta y se sostiene, sobre todo, en los valores espirituales que el Templo Niágara me ha enseñado a lo largo de los años. Eso sí, disfruto mucho de los libros breves de nuestra colección *Canon Teológico*. Su lenguaje es comprensible y los ejemplos de grandes victorias sobre las debilidades de esta existencia son asombrosos. Esos libritos me acompañan y me inspiran ideas magníficas que influyen en los temas de mis sueños. Hay temporadas que sueño mucho con mi madre; luego la olvido durante meses y me dedico a soñar con animales, con letras nuevas para las alabanzas o con caminos largos y sinuosos. Yo sueño mucho. Los doctores no han determinado si esta abundancia de fantasías tiene que ver con mi problema de las glándulas. Confieso que ese síntoma no me preocupa.

Siempre debemos agradecer la abundancia, así no nos quede clara en su naturaleza. Los sueños, las fantasías y los recuerdos son parte de esta única riqueza que poseo y es inevitable que en ocasiones los mezcle, sin que por ello yo me considere una persona insensata. Es que esas irradiaciones del ánima no son muy diferentes entre sí. Cierren los ojos por unos minutos y piensen en esto que afirmo. Me darán la razón.

Los doctores del equipo médico que investiga mi caso insisten en que si comparto mis recuerdos biográficos con los hermanos del templo —los recuerdos que todavía prevalecen en mi conciencia como manchas fulminantes de un cuadro hermoso aunque incompleto—, ellos no se hundirán en el líquido contaminado del cerebro. Es así como imagino esa amenaza. Un turbión de células confundidas que arrastrarán en su corriente los episodios que forman mi historia. *Preacher* Jeremy me ha explicado que dar testimonio es despojarse de lo más auténtico y que el despojo es un paso fundamental. Yo quiero dar ese paso antes de ser operada. Y qué mejor que hacerlo para la ciencia. Yo nunca fui buena en ciencias. Bueno, ustedes ya saben que no terminé la escuela y todo lo que sé lo he aprendido del gran libro sagrado. Allí está toda la sabiduría que necesito. Un tiempo, claro, busqué esa luz en la cocaína y confieso que había momentos en que conseguía sentirme muy bien. Las aflicciones se iban con el humo del crack. Siento mucho tener que contarles esa experiencia, pero si hay algo en lo que no he querido ceder es en la omisión de esa parte de mi camino. Qué triste es la omisión.

Mucho antes de encontrar mi casita en Clarence Hollow, pasé algunos años en Canadá, en una región rodeada de praderas heladas, parecida en el paisaje a nuestro pueblo, pero muy distinta en su espíritu. Aunque nuestro *Preacher* Jeremy no está muy de acuerdo con esto que digo, lo afirmo una vez más: los pueblos, las montañas y las ciudades tienen un espíritu propio. En ese lugar, en Manitoba, continuó la cadena de accidentes que el Señor utilizó para traerme hasta acá, hasta este atrio desde donde cada domingo les hablo y les interpreto con amor las canciones de gloria y alabanza. Las canciones que me han sanado.

Hay que temerles a los hechos fortuitos, recubiertos de inocencia. Ellos son las delicadas piezas de un rompecabezas cuya totalidad toma demasiados años en revelarse. Si falta una pieza, uno puede terminar en el fondo de un río o bajo los reflectores de un escenario; es justamente esto último lo que sentí la primera vez que canté profesionalmente con la banda góspel, que una mano bondadosa me había agarrado como a un cachorro del cuero del pescuezo y me había rescatado de la profundidad de una ciénaga. Es que los ríos pueden ser maravillosos y siniestros, y por eso todavía los necesito. Disculpen si salto como entre las piedritas de un camino mientras desarrollo mi testimonio. Nunca he sido buena con el orden las cosas; a veces cuento primero las consecuencias o las confundo con las causas. Es un síntoma de mi enfermedad. Siempre fue un componente de ella, pero yo no tenía cómo saberlo. Ahora mismo, al compartirles mi testimonio, pienso que quizás la Nadine Ayotchow que les habla es la parte equivocada, el destino que no debió ser. Disculpen, queridos doctores, disculpe usted, *Preacher* Jeremy. Ustedes quieren que me concentre en mi sanación espiritual y no en mis dudas. Así lo haré:

Éramos chicos cuando tía Anita nos llevó con ella hasta Canadá. Nuestros padres habían fallecido en aquel horrible accidente en los Yungas y la casa donde habíamos sido felices estaba hipotecada. No hubo herencia ni precauciones ni oportunas profecías. El único tío carnal que nos quedaba en Santa Cruz, hermano de papá, dijo que los niños siempre se criaban mejor cerca de una palabra femenina, de modo que firmó sin chistar todos los papeles migratorios que se precisaban para que Dani y yo saliéramos de Bolivia y de su vida. Ser boliviano es una enfermedad mental, nos dijo con ese buen humor que hacía que le perdonáramos todo, incluso eso, el entregarnos como mascotas a la tutela de tía Anita, que por muchas pastillitas de menta que se hubiera metido entre los dientes a la hora de presentarse en el Juzgado del Menor, seguía apestando a whisky.

Llegamos a Canadá en enero, imagínense. El peor mes para recomenzar una infancia en las estepas, bajo el llanto suave de los copos. Era como morirse.

Tía Anita alquiló una casa que se caía a pedazos. Sus techos altos albergaban alimañas y la viga vista tenía manchones de moho. Es una joya histórica, repetía ella a cada rato mirando las vigas podridas. Ese primer invierno nos tocó dormir a los costados de su enorme cuerpo para soportar el frío que atravesaba las paredes y ventanas. En otoño todo será mejor y en la primavera, ¡un paraíso!, nos prometía. Pero llegó la primavera y el absurdo jardín que rodeaba la casa era una pena. Hacía muy poco que se había derretido la nieve y aunque Dani y yo apartábamos los promontorios más sucios, no había día en que una nueva capa de barro áspero no amenazara el huerto que tía Anita había comenzado a cultivar. La camioneta destartalada en la que nos trasladábamos hasta los almacenes de Winnipeg para comprar en cantidades las cosas del hogar patinaba cada vez que partía y cada uno de sus escándalos formaba un nuevo mejunje de barro alrededor de la casa. Yo me consolaba imaginando que aquel barrial era chocolate y que tía Anita era como la bruja buena del bosque. Ese era el cuento favorito de mamá porque le parecía de una "belleza francesa" romántica, con bosques y criaturas desesperadas, decía. Muchas veces imaginé así a mamá, perdida en los bosques de los Yungas, arrastrando su pelo largo por un césped acolchonado, marcando los árboles para que Dani y yo nos orientáramos cuando decidiéramos buscarla. Fue una pena que tía Anita ordenara cremar los cuerpos de nuestros padres, por mucho que dijera que de esa manera podrían viajar con nosotros adonde fuéramos y no cargar con ese dolor de los inmigrantes que imaginan el deterioro de las tumbas donde duermen sus familiares. Cargan cementerios completos en sus corazones, decía tía Anita, en cambio nosotros podemos llevar a Sophie y a Carlos en nuestros equipajes y cauterizar de una vez por todas las raíces de la patria. No hay patria, decía, eso es un invento, ¡claro que es un invento!, exclamaba. Nosotros somos de la raza de los exiliados y amamos nuestra larga miseria, decía. Dani y yo no entendíamos nada. Tía Anita y mamá nunca llegaron a sentir Bolivia como su país. Al fin y al cabo, papá fue quien se llevó consigo a mamá después de casarse. La conoció en Toulouse y, aunque no se depilaba las axilas, contaba él, era hermosísima. Tía Anita también era hermosa, pero la tristeza crónica que la atacó desde que era muy chica le fue formando esos pliegues hondos en su cara del color de la leche y un brillo como de animal enfermo en su mirada. Bastaba con comparar las viejas fotografías del álbum que mamá había atesorado con el presente eternísimo de su cara flácida para darse cuenta de que ese rostro devastado no era resultado de la genética, sino de cargar sin tregua el volumen insondable de la miseria.

Cuando tía Anita se me quedaba mirando fijo, después de la cena, yo sabía que estaba analizándome, comprobando si en mí también anidaba ese ánimo maligno. Dani no la preocupaba mucho porque decía que, si el ánimo maligno también anidaba en él, lo peor que podría suceder es que se convirtiera en un borracho, ¡como ella! La gran diferencia era que para un hombre borracho siempre habría una mujer, alguien que le quitara las botas antes de tumbarlo en la cama. Creo que tía Anita nunca se dio cuenta de que Dani era marica. Disculpe usted, *Preacher* Jeremy. O quizás se dio cuenta, pero prefirió no hablar de eso porque ella ya tenía bastante con criarnos. Su única experiencia criando otras criaturas se limitaba a los gatos, le aclaró a la gente de Migración cuando llegamos a Canadá, pero estos *orphelins* (se refería a Dani y a mí) me necesitan, son mis *neveux*, míos, y no puedo sacarles el cuerpo.

Las primeras tardes, recién instalados en la casa fósil, lloré mucho. Sabía que tía Ana nunca había estado en sus cabales porque el whisky le había ido quemando las células que tenemos en el cerebro y que necesitamos para las funciones básicas del cuerpo: caminar, respirar, hablar, comer, dormir, ir al baño, y hasta reír. Entonces yo no sabía que un solo trago de whisky podía arrasarte la lengua, el paladar y el esófago. A juzgar por el modo en que tía Anita cerraba los ojos mientras tomaba traguitos cortos, cualquiera podría apostar que le gustaba esa sensación de fuego.

¿Ya dije que había mañanitas en que me despertaba y preguntaba por mamá? Eso sucedía justo al abrir mis ojos, cuando el sonido del grifo del lavaplatos o del aceite haciendo bailar la clara del huevo me transportaban a Santa Cruz. Era difícil separar los tiempos. Nadie podía saber que esa confusión ya dependía de una masa enferma que trepaba lentamente por la base del cerebro con la intención de infectar la hipófisis para luego cubrir la minúscula mariposa pineal que conecta los hemisferios. Tía Anita me chasqueaba los dedos para reubicarme en la nueva vida, sin mamá, o solo con su fantasma. Creo que esto no lo dije, ¿verdad?, y es importante que lo diga porque luego me olvido o brinca como un resorte absurdo cuando ya no viene a cuento, y en un testimonio debe haber algo de lógica para que el que escucha pueda beneficiarse de esa experiencia que no le pertenece. La enfermedad ha sucedido en mi cerebro, pero yo recibí del góspel la gracia de la sanación. Y a mis hermanos del góspel les debo este testimonio. No hay góspel si no hay comunidad. Y así como en el trabajo del coro, la vibración de una voz debe apenas poder distinguirse de la fuerza grupal, así también mi enfermedad personal puede servirle a la ciencia para descubrir una cura.

El primer himno que canté fue "Cruzando el río Jordán". Ahí descubrí que, más importante que la armonía individual, era la acumulación de sonido y de belleza para contar una misma historia. Sea en falsete o insistiendo en el *soul* improvisado, el góspel te invita a despojarte del ego, a derramar tu voz en los demás como quien prepara un suero casero: agua y sal en el agua, integradas y todavía reconocibles.

¿Por dónde es que iba?

Oh, sí. Mamá había obligado a su hermana, tía Anita, a salir de París y mudarse a Bolivia porque la atormentaba la idea de dejarla viviendo sola en una buhardilla invadida por las cucarachas y sin nadie que supervisara su tratamiento para el alcoholismo. *Elle est mon sang!,* había argumentado mamá en todas las peleas que sostuvo con papá, que se olía el peligro de convivir con una dipsómana. Así se refería a ella –dipsómana–, lo que empeoraba mi aprehensión, pues no podía evitar asociar el sonido de semejante palabra con el de cosas realmente asquerosas o incomprensibles como el canibalismo, el vampirismo, la resurrección de los muertos y otras que no me atrevía a confesarle a mamá.

Tía Ana nunca pudo adaptarse a la vida en Santa Cruz, con nosotros, porque papá no la soportaba. Mi padre se ratificaba cada día en sus demoledoras evaluaciones sobre la integridad moral de tía Anita; decía que una cosa era el disparate y otra la pretensión. Nadie con tres dedos de frente iba a creerle que ella había tenido de amante a un noble. Ese tal "Lord Auch" con que tía Anita se llenaba la boca era fruto del *delirium trémens* imparable en que había convertido su adultez. El pobre jamás imaginó que ella y su dipsomanía terminarían adueñándose de Dani y de mí.

Con *delirium* o sin *delirium*, tía Anita tomó la responsabilidad de nuestra crianza, aunque le había temblado mucho el pulso cuando firmó los papeles en el Juzgado del Menor. Y ahora, en Canadá, según lo repetía con la voz también temblorosa, hacía lo posible por "no sacarnos el cuerpo". Era su frase favorita. Sobre todo, cuando no hacíamos las cosas a su manera. La decía en francés y en español, y en ambos idiomas conseguía estremecerme.

En las noches más oscuras, cuando ni siquiera era posible adivinar las sombras de las montañas o el reflejo de la nieve en las paredes de la casa, me invadía el miedo del mismo modo en que el frío invade las fosas nasales, las orejas, la garganta y las plantas de los pies. Ni siquiera hoy puedo confirmar que esa electricidad blanca que subía por la nuca y se instalaba en el centro mismo de mi cabeza era otro síntoma del problema pineal; yo lo vivía como un vértigo, la sensación de que bastaría un empujón para arrojarme a un abismo plagado de oscuridad. Y la certeza de que esa oscuridad terminaría asfixiándome.

Me hacía pis de solo pensar en que un día tía Anita iba a tomarse en serio sus palabras −"Dios sabe que hago lo posible por no sacarles el cuerpo. *Dieu sait que!*"− y ese día, poseída por sus propias frases, tomaría el cuchillo con que descamaba pescados del Lake Alice y nos descamaría a Dani y a mí sin derramar una lágrima. Maravillada por su hazaña, tía Anita pondría a secar nuestras pieles recién lavadas en el alambrado. Nadie iría con el cuento a la Policía por la sencilla razón geográfica de que nuestra ruinosa casa se alzaba en la mitad de una pequeña parcela colindante con las reservas de los *métis* y ellos preferían arreglar sus problemas de otro modo.

A primera vista un *métis* podía ser oscuro y huraño como los ayoreos de Bolivia o pálido y directo, de ojos translúcidos, como cualquier otro gringo, luego los ibas conociendo y comprendías que estaban un poco locos, pero que evitaban a toda costa los problemas. Cuando tía Anita nos dijo que viviríamos en una casa "histórica", en un terreno aledaño a la reserva *métis*, Dani y yo nos preparamos para echar mano del lenguaje de señas que mamá usaba en la escuela de sordomudos y de las pocas llaves de Kung-fu que papá nos había enseñado para defendernos en situaciones extraordinarias. Nuestra ignorancia era tan honda como esas bocas limpias que forma el hielo en los lagos congelados y que son un verdadero peligro. Pueden devorarte en cuestión de segundos sin armar una sola burbuja. Imaginábamos que los *métis* no poseerían ningún lenguaje hablado, nada que estableciera un puente entre nosotros. Pronto nos dimos cuenta de que nada de eso iba a ser necesario, ni lenguaje de señas ni medidas de defensa corporal; eran personas más civilizadas que la propia tía Anita, que siempre estaba borracha, eructando y tirándose pedos como si trabajara en un circo pobre. Tampoco era cierto que los *métis* sostuvieran una guerra de siglos contra los blancos. Eran peleas callejeras, empujones o gritos que a veces presenciábamos en un mercado o en las cercanías del alambrado de púas, cuando algún blanco llegaba en su camión a escupirles el suelo o a reclamarles algún ganado, pero ni siquiera entonces había necesidad de que intervinieran las autoridades.

La culpa de estas expectativas desaforadas y totalmente erróneas que Dani y yo teníamos respecto a los indios, a quienes tía Anita a veces se refería directamente como *"les tricheurs"*, la tenía esa gente que habíamos conocido durante los dos primeros meses que pasamos en Vancouver, en casa de una señora que olía a carne en descomposición. Entre risas, aquella vieja decía que los *métis* seguían siendo salvajes por mucho que sus hijos asistieran a las escuelas públicas y que ocasionalmente se mezclaran con los blancos y que incluso ahora se creyeran una nación. Estaban empecinados en recuperar sus raíces atávicas, antes de que llegaran los franceses con sus cochinas fantasías sexuales a dejar en mal lugar su semilla. ¿Qué se podía esperar de esa mezcla depravada? Los viejos eran los peores, decía la mujer hedionda, no solo porque era imposible calcularles la edad ya que reencarnaban incluso en esta vida, sino porque no habían cambiado nada sus prácticas antiguas. Incluso los niños podían arrancarte el cuero cabelludo y dejar tus sesos latiendo al aire libre, ¡sin afectar una sola neurona!

Tía Anita hablaba en francés con alguna de esa gente de ojos achinados (pero que eran todo menos chinos) y eso era sorprendente. Yo jamás había imaginado que un indio podría hablar francés. Nunca había estado en Canadá, sabía poco y nada de sus secretos o poderes, y estaba claro que allí ocurrían muchas cosas distintas. A veces me preguntaba si en realidad nuestra tía no nos había llevado a un sitio mucho más extremo. Una parte del planeta que de tan desconocida era casi otro mundo. Un lugar que aparentaba ser normal pero que hacía que te miraras a vos mismo en el espejo de los ríos congelados con otros ojos. Digo esto porque bastaba con que algún viejo de los que se apostaban a pescar *touladis* en las orillas del Lake Alice abriera la boca para que te llenara la cabeza de leyendas de espíritus de animales y guerreros de la independencia que todavía no habían sido honrados como merecían. En muchas de esas leyendas los héroes *métis* tomaban una navaja o usaban sus propias manos para despellejar o sacarle el corazón todavía tibio a su enemigo. No les daba ni una pizca de vergüenza repetir y comentar proezas semejantes en un programa de radio de los domingos, en el que además atendían llamadas telefónicas en francés y en inglés. Y, claro, también en idioma *michif*. Tía Anita prestaba mucha atención a esas historias basadas en casos reales de violencia, venganza, despecho y denuncias de amedrentamiento y asedio con hechicería, y cambiaba todo a su gusto. Un gusto que sentía debilidad por el whisky, las carcajadas sin motivo y el horror ordinario de los periódicos —cuando estaba de buen humor decía que era "miembro horrorífico del Club de Agatha", una columna que se publicaba los domingos con las biografías de asesinos seriales—. A veces pienso que ella habría apreciado mucho los libritos del *Canon Teológico*; habría encontrado esa intensidad que necesitaba. Lástima que en esa época no hubo nadie que nos acercara este alimento. Si yo le pedía un cuento antes de dormir, ella recurría afanosa a sus relatos retorcidos, aclarándome, con la voz destemplada por el "vinito del crepúsculo" que se tomaba para relajar sus várices, que jamás había dicho una sola mentira en su vida; el alcohol le había permitido vivir como una persona totalmente honesta, lejos de toda hipocresía —insistía, con su voz tembleque pero orgullosa—, y no iba a ponerse a mentir ahora, justo cuando debía educar a dos menores de edad que, sin preguntarle, *la vie dure* le había puesto en su difícil camino. De modo que yo debía conformarme y gozar del horror periodístico y radiofónico que ella reciclaba para mí, pues además así fortalecía mi voluntad y mi espíritu y terminaba de vencer de una vez por todas mi tendencia inexplicable al pánico. Ni ella, que era capaz de beberse hasta las copas de los árboles, había llegado a sentir ¡ese horror vacui! *D'horror vacui!*, exclamaba llena de impotencia, mirándome las uñas carcomidas.

Sin embargo, tía Anita mentía. Ella también sentía debilidad por las mentiras bellas. Bajo su cabecera guardaba un libro de poemas de Georges Bataille. "Mi biblia de las tinieblas", llegó a llamarle a ese objeto. Y era así como tomaba el libro, como si se tratara de un objeto endemoniado al que era mejor asir por los cuernos.

Una mañanita que Dani y yo nos levantamos a buscar un balde para solucionar los martillazos de una gotera que se había ensañado con nuestra pieza, vimos tras la rendija de su puerta cómo ella con una mano se friccionaba enloquecida sus partes íntimas, mientras con la otra sostenía con furia su biblia aciaga. ¡Y leía! Leía para sí misma, pero fingiendo que su voz no era suya y que le hablaba con misericordia, autoridad y seducción, igual que Jesucristo a Lázaro, disculpe usted, *Preacher* Jeremy. Comprenderán que no puedo repetir ahora las estrofas rebosantes de lujuria que mi tía leía sin ahogarme en la impudicia. Lo más decente que ella recitó lo he protegido en mi memoria: "Mi boca implora, ¡oh Cristo!, la caridad de tu espina". Y luego se desinfló. Los poemas de las tinieblas se habían ido y ella yacía pura quietud en el catre oxidado. Recién entonces descubrió nuestras sombras en el linóleo y nos llamó. Dijo: *Esto es la petite mort, ma chérie.*

Ahora creo que ella siempre tuvo razón, por muy exagerada que sonara, pues había detectado en mí el vacío, este vacío que ni el Señor puede solucionar, disculpe usted, *Preacher* Jeremy. Me refiero a la distancia milimétrica entre la silla turca y el minúsculo tumor que los médicos han detectado. La diagnosis indica que el tumor está buscando un nicho y que, de no ser por el góspel y sus vibraciones en alta frecuencia, podría haber devorado la glándula pituitaria y adelgazado la pineal hasta que mis dos hemisferios colisionaran y se hiciera la oscuridad. Ese sería justamente mi nicho. Disculpen, hermanos, es una broma.

Sí, el buen humor es importante. En las lecciones de góspel aprendemos que las canciones se sostienen en el ánima alegre. Las alabanzas, para ser tales, deben hacer sentir la felicidad del alma. También la técnica ayuda. La respiración. Inhalar y expandir el diafragma. Soltar las notas administrando el aire sin ansiedad. ¿Ya dije que la respiración del canto dilató la crisis? He ahí el milagro científico del Señor. Creo que todavía no me he detenido en eso, el núcleo de mi testimonio. El modo en que el góspel conservó mi vida, pese a la enfermedad.

Fue Dani quien tuvo que explicarme que "sacar el cuerpo" significaba ser un cobarde. Tía Anita estaba dispuesta a criarnos en las afueras de Winnipeg a como diera lugar. Ese día me avergoncé de dudar del buen corazón de mi tía. Yo también había caído en esas dos palabras que mamá utilizaba para defender a su hermana: suspicacia y prejuicio.

Esos primeros meses, a pesar del invierno bestial y de lo mucho que extrañaba a mamá, fueron días bonitos. Tía Anita preparaba la cena a las siete de la noche, casi siempre fideos, y Dani prendía la chimenea y luego nos acurrucábamos como gatos. Tía Anita me pedía que le cantara algo, decía que lo mejor de mí, lo que un día podría salvarme de la prostitución o conducirme a ella era mi voz. Podrías dirigir el coro de una catedral, me decía. Quizás ella era una profeta y la necedad del mundo no había reparado en su clarividencia. A veces las anunciaciones advienen de esa manera, envueltas en los vahos alcohólicos de una boca sucia. Yo cantaba hasta que ella se unía al canto con su voz desfachatada y lo arruinaba todo. Entonces caíamos vencidas por el peso del día, que era un peso incalculable, una piedra ciega que se asentaba en la base de la nuca.

Fue un conjunto de pequeñas cosas –el comienzo de la primavera con su desparpajo de nieve sucia, los medicamentos para el reuma, que tía Anita afirmaba eran *placebo pur, mon Dieu!*, y la visita de aquella mujer colorada que habló en porciones de francés y de castellano– lo que la puso de un humor terrible.

¿Anne Escori?, preguntó a gritos. El vidrio de la ventana con sus tatuajes de tierra seca apenas permitía distinguir a la visita. Su voz, eso sí, sonaba llena de autoridad, como cuando un maestro de historia escoge una presa en la clase. Anne Escori era el nombre, el de verdad, de tía Anita. En realidad, solo la gente de Bolivia la llamaba "Anita", pues incluso papá se dirigía a ella como Anna, remarcando la doble n para que se notara que la trataba como a una extranjera. Tía Anita nunca lo corregía, pero ella también hizo notar que prefería el diminutivo con que la empleada y los vecinos se dirigían a la hermana francesa de la señora Sophie. Parecía que ni se daban cuenta de que tenía la mente toda enmarañada por el alcohol.

¿Anne Escori? ¿Está usted adentro, Anne Escori?, chillaba la mujer.

¿Vive alguien en esta casa?, insistía la mujer. Dani se había encaramado en el inodoro del baño para mirarla desde la ventanita alta. Ese baño parecía una prisión, pero por lo menos, cuando esperabas a que el agua caliente se acumulara, querías quedarte allí después de la ducha para que tu sangre se mantuviera circulando.

¡Nadine!, despertala a tía Anita. Esta mujer es importante.

¿Es de la policía?, pregunté de pura corazonada. Ninguno de nosotros había cometido un crimen. No todavía. ¿O acaso tía Anita tenía un pasado muy feo en París? Mamá y papá hablaban sobre sus largas internaciones después de una terrible intoxicación y lo bueno que era el sistema médico en Francia, y ni qué hablar de los nuevos conceptos en rehabilitación, eran fantásticos, nada de electricidad ni de religión, decían entusiasmados, nada de encarcelaciones; por lo menos eso. Quizás todo lo que alguna vez le habían hecho en las clínicas de París la había conducido al delito. Una vez había amenazado a un farmacéutico exigiendo unas píldoras muy peligrosas sin receta médica. Llevaba un cortapapel y por más que aclaraba que su intención era usarlo en sus propias várices, para que dejaran de estrangularle los músculos de sus pobres piernas, pasó un par de días enjaulada, clamando por un traguito de lo que fuera, así se tratara de una mezcla desinfectante. Ese fue el día que mamá decidió llevarla definitivamente a Bolivia. Supongo que le habrá dolido separarse de su amante, el tal Lord Auch, si tal amorío sucedió más allá de su atribulada imaginación.

Pero ahora estábamos en Canadá y la mujer seguía a los gritos en el umbral de la casa.

¡Es algo de las minas!, dijo Dani. Quizás se han enterado de que encontramos ese diamante diminuto. Espero que lo hayas escondido bajo siete llaves, ¡Nadine! Que tía Anita se peine esas greñas. ¡Corré!

La mujer colorada no sabía nada del diamante diminuto que Dani y yo habíamos encontrado entre unas rocas, adentro de la reserva *métis*. La mujer solo quería que Dani y yo asistiéramos a la escuela. Hablaba en español para que Dani y yo también entendiéramos, aunque en realidad hablábamos y entendíamos el francés más de lo que le hacíamos saber a la gente; era una manera de mantener nuestra coraza, una decisión instintiva sobre la que no habíamos conversado. Aquella señora le dio a tía Anita un plazo de un mes para que encontrara una solución, pues era evidente que ni el lago que nos separaba de la reserva *métis*, ni la pequeña cordillera nevada que azotaba con su hálito helado la espalda de nuestra casa, ni los abedules pelados que se dirigían a mí con sus susurros siniestros iban a enseñarnos álgebra e historia, los dos grandes conocimientos, dijo aquella señora, que exigía cualquier universidad, no solo en la digna Canadá, sino en cualquier sistema norteamericano y europeo. Además, insistía esa mujer, era importante que aprendiéramos bien el inglés o el francés, y mejor ambos, que no nos conformáramos con un goteo de palabras que nos harían ver como recién llegados toda la vida. El español era siempre bienvenido, pero ¿acaso no era buena idea integrarse? Incluso toda esa gente con la que usted colinda, Madame Anne Escori, los *métis*, los *inuits* o cualquier otro ciudadano de la *Première Nation* mandan a sus hijos a las ciudades para educarse apropiadamente. Es mi deber llamarla a esa reflexión. Los *enfants* aprenden rápido a hablar francés. Hablar francés, ¿no era esa la lengua de su familia materna? Solo así podrán sentirse realmente en casa.

¿En casa?, preguntó tía Anita. La barbilla le temblaba como cuando bebía más de la cuenta.

O mientras vivan en territorio canadiense, dijo la mujer con cierta impaciencia.

Oh, vaya. Parece que en ningún lugar de este mundo a una la dejarán en paz, ¿eh?

¿A qué se refiere?, dijo la mujer. Y yo vi cómo se aferraba a un fólder amarillo que sostenía sobre su falda de pana oliva, bien planchada, lisa como esas mesas de billar que los *métis* alquilaban en sus granjas a plena luz del día.

A nada en particular, sonrió tía Anita, con los ojos húmedos. Yo pensé que eso terminaría por conmover a la señora, pero era probable que, siendo adulta, nuestra visita pudiera distinguir entre la emoción de las lágrimas y la membrana acuosa del alcohol.

Mire, resopló la mujer, poniéndose de pie y mirándonos a Dani y a mí con detenimiento, volveré en un par de semanas para ver cómo van marchando las cosas.

La mujer me tomó de la barbilla, miró mis ojos achicando los suyos, tal vez calculaba los parecidos para determinar cuán pariente nuestra era esa mujer etílica que poseía nuestra tutela.

Esta niña tiene una pupila más grande que la otra, ¿se ha dado cuenta?, dijo la mujer, formando un círculo con sus dedos pulgar e índice por si tía Anita no comprendía eso que ella había notado en mí de un solo vistazo.

Ella tiene buena vista, dijo tía Anita, no muy segura de lo que declaraba.

Pero podría ser algo, dijo la mujer. Le aconsejo que la vea un pediatra. Y le aconsejo, además, que instale alguna línea de teléfono en esta casa. La zona es tranquila, pero un hogar debería tener cómo comunicarse en caso de que algo ocurriera.

¿Qué podría ocurrir?, dijo tía Anita, mirando la luz cruda que le transparentaba intensamente las pupilas celestes. Parecía que uno sí podía ver el futuro en esas córneas delirantes.

La mujer no respondió quizás porque entendió que

la pregunta no era para ella y que en los ojos clarísimos de nuestra tía no iba a encontrar respuestas o soluciones, nada que se pareciera a la responsabilidad. Solo recuerdos de París.

A partir de ese día el cuerpo de tía Anita se volvió más pesado. Había que verla arrastrar sus zapatillas por el piso de linóleo, parecía un astronauta tristísimo. Leía poco su biblia de las tinieblas y tampoco sintonizaba la radio. El ánimo maligno la había tomado de un modo tan grosero que había dejado de bañarse y de limpiar con leche de rosas la costra de suciedad que se le formaba en los pliegues de su gordo pescuezo. Comenzaba a parecerse a la amiga hedionda de Vancouver que nos había recibido por primera vez. Pero esa mujer tenía la excusa de la rosácea. Un mapa de piel viva le avanzaba por la espalda y ni la sábila pegajosa con que se curaba mitigaba ese aroma tan parecido a la carne que ha dejado de ser fresca.

Mis alucinaciones de mamá recrudecieron. No es que pudiera verla en la escena matutina de los desayunos o recortada contra el fuego de la chimenea, no se trataba de ese tipo de visiones. Era la fuerza del recuerdo, del tiempo que no avanzaba hacia adelante, como es natural, sino que retornaba una y otra vez hacia un punto anterior y se instalaba como una certeza consistente y pequeña, del tamaño de una arveja, igual que la glándula hipófisis que define toda nuestra armonía y nuestro bienestar afectivo. Si su pérdida no hubiera significado tanto para los tres, Dani o tía Anita se habrían percatado de que esa repetición obsesiva de mis recuerdos no eran caprichos de un duelo infantil, no eran efectos pasajeros de la súbita orfandad, sino el síntoma claro de que ahí donde el budismo considera que cultivamos la flor de loto, que es la voluntad de trascendencia espiritual, ahí residía una enfermedad invisible y silenciosa.

Cuando el lapso temporal pasaba, una tristeza más gris que el cielo que se prepara para una tormenta se cernía sobre mi coronilla. Hacía todo lo posible por no llorar porque eso era como darle alas al ánimo maligno. Tía Anita decía que el ánimo maligno era sediento y bebía lágrimas. Ella habría sido una gran catequista aquí, en el Templo Niágara, pues conseguía convencerte de las historias más inauditas. Por esos días, antes de meterme en el saco de dormir, a hurtadillas me tomaba un traguito de su vino de la damajuana más grande, no solo para que algo se calentara en mi interior, sino a manera de desinfectar lo que sea que estuviera anidando allí, en el mismo lugar donde crecían mis gigantescos miedos.

Las tardes en que tía Anita se dormía como si estuviera muerta, Dani me llevaba hasta un río flacucho que se desprendía del temible río Rojo, a cuyas riberas teníamos terminantemente prohibido acercarnos. El río flacucho, en cambio, era inofensivo; ni en sus erupciones más turbulentas desbordaba la orilla rocosa. Sentados sobre las piedras, mirábamos los primeros cardúmenes de peces que subían desde las corrientes tibias. No queríamos quedarnos en casa porque las siluetas de los abedules secos sobre la pared descascarada de la sala formaban esqueletos macabros que danzaban hacia mí y me llenaban de terror. Era inútil que Dani me hiciera mirar una y otra vez aquellos árboles para convencerme de que eso que yo veía como huesos desnudos eran solamente los gajos desollados por el frío. Siempre había sido miedosa y la vida con tía Anita solo había empeorado mis miedos. Mirar el agua me permitía soltar mis pensamientos y dejar que se escurrieran con la corriente o vadearan las piedras. Me parecía inconcebible que Dani no viera lo mismo que yo veía. ¿Acaso no éramos hermanos?

Todavía flotaban algunos retazos de hielo y Dani los atraía con una rama, a veces se quebraban y se hundían en segundos como filosas navajas. Otras veces conseguía arrastrarlos y aprovechaba para mirarse como en un espejo. Su imagen levitaba en el agua. Como el pelo le había crecido, se lo acomodaba detrás de las orejas y sonreía. Yo le aseguraba que era idéntico a mamá. Y no mentía. Dani era hermoso como una chica de verdad. Disculpe esta confesión de vanidad, *Preacher* Jeremy, hermanos doctores, hermanos de la comunidad Niágara… Yo entonces lo miraba y pensaba que habíamos nacido volcados. ¿No era sospechoso que nuestros nombres fueran solo sílabas invertidas? En esa época mi hermano se llamaba Daniel y yo Nadine. Sé que él luego usó otro nombre, del mismo modo en que yo adopté un apellido artístico cuando comencé con las grabaciones de música góspel. Tía Anita solía decirle a mamá que jugar así con nuestros destinos había sido de una perversidad total. Dani y Nadine, Nadine y Dani. Tía Anita tenía razón. Yo debí haberle sacado a mamá su nariz diminuta y sus ojos de muñeca japonesa, pero me parecía a papá en casi todo, especialmente en mi boca grande. Todos en Bolivia lo decían. Incluso Dani –cuando conseguía que se enfureciera muchísimo– me llamaba "bocota" o "bocaza". Además, había comenzado a engordar sin que pudiera evitarlo –de todos modos, las cosas del cuerpo no me importaban mucho en esa época–; mientras que Dani se estiraba y desarrollaba músculos que lo asemejaban a un ángel griego.

Una de las últimas tardes, volviendo del río, fue cuando Dani me dijo que era hora de irnos. Yo sentí que mi corazón daba tres saltitos como de sapo. Habían pasado tres años y yo había comenzado a sentir los inviernos, el deshielo, nuestras incursiones a las tiendas de Winnipeg y nuestras eventuales visitas a Saskatchewan en los veranos o en cualquier día cálido como una rutina bonita que equilibraba mis miedos. Las pesadillas con los ojos abiertos, las garras raquíticas de los abedules sobre la pared de mi cuarto no desaparecerían jamás, pero se acoplaban al resto de lo que ya era mi vida. Si bien era cierto que el tema de nuestra escolaridad formal se había solucionado a través del sistema *homeschooling*, la salud de tía Anita era un completo desastre. Pero también ella formaba parte de esa vida fría y a veces tibia. La idea de irnos ni siquiera había aleteado en mi cabeza llena de fantasías.

Nos iremos, prosiguió Dani, mordiendo una de las primeras hebras de hierba de esa primavera. Vos todavía tenés ese diamante, ¿verdad?

Pero Dani, dudé yo, siempre más horriblemente miedosa que mi hermano mayor, los contrabandistas de diamantes van a la cárcel. ¿No escuchaste esa noticia en la radio? Ese chico tenía tu edad y va a ir a una correccional por vender diamantes ilegales... Tía Anita dice que el mercado de negros es peligroso, es...

Mercado negro, tonta, me cortó Dani. Y no voy a venderlo entre ellos. Ahí solo venden bebés indios. Lo podemos vender en Estados Unidos apenas lleguemos. ¿Te imaginás, Nadi? Entraremos por Rock Island, por los Grandes Lagos. O tal vez iremos hasta Saskatchewan y desde allí decidimos. Petite Mort dice que otra opción es bajar hasta Ontario y entrar por las aguas del Niágara. Tendremos que analizarlo muy bien, Nadine.

Irnos..., suspiré.

Podremos trabajar en algún restaurante y ahorrar dinero y luego ver qué hacemos. Con tía Anita nunca tendremos un peso. Cuando se acabe la escuela nos pondrá a trabajar en alguna tienda de Winnipeg, eso podés jurarlo. ¿Qué nos da ella por todo lo que hacemos, eh?

Casa y comida, dije yo, cual loro que repite sin conciencia, pues esa era la frase que ella sacaba como una vieja navaja oxidada cada vez que Dani holgazaneaba y se quedaba en la cama hasta después de las nueve.

Tendremos eso y más por nuestra cuenta, dijo Dani. Caminaba rápido por entre los árboles secos como si nos esperaran en algún lugar.

¿No te da pena la tía?

¿Pena? ¿Has visto cómo duerme panza arriba sin preocuparse por nada? ¡Parece un oso!, Dani se encorvó un poco, infló su panza chata y avanzó lentamente por entre la hierba recién nacida, haciendo sonidos que yo estaba segura nunca hacen los osos.

Entonces me reí y quise convencerme de que en el fondo no me importaba que tía Anita se quedara en la casa fósil a pasar mil inviernos sola. Únicamente necesitaba sus placebos para el reuma y las botellas de contrabando que algún *métis* le intercambiaba por productos que ella traía desde los pueblos. Solo pedí que la camioneta siguiera funcionando por siempre. Por lo menos que le quedara eso en su vida.

Dani, todavía hecho un oso, caminó hacia mí y se detuvo, de la misma manera que habíamos visto hacer a aquella osa joven muchos meses atrás.

Si te quedás, Nadine, vas a terminar igual de cerda y borracha que la tía. Yo me iré, con vos o sin vos. Me iré. Petite Mort me cubrirá con la lona del camión, viajaré entre los caballos. En Canadá nunca seremos ricos, Nadine. Pensalo. Y pensalo rápido porque no tengo mucho tiempo. Preparan una partida de caballos. Me iré con ellos.

¿Y Bolivia?, pregunté yo. Por unos segundos imaginé que mamá nos estaría esperando. Su pelo largo y sus canciones francesas que hablaban de lunas inalcanzables.

¿Bolivia?, sonrió Dani con una ironía ácida que yo no le conocía. Bolivia es una enfermedad mental. ¿No te acordás, Nadine?

Sentada en la sillita voladora que pendía de unas cadenas con las que seguramente habían esclavizado gente hacía siglos y que chirriaban como en una película de terror, esa noche me puse a hacer lo que Dani me había pedido: pensar. Tomar una decisión. Escuchaba a tía Anita mover los trastes en la cocina y podía verla en fragmentos, como en un sueño, pues el vidrio empañado y su constante ir y venir la alejaban. Se movía lentamente. Sus piernas cruzadas de várices me produjeron compasión. Era una osa agotada y siempre sedienta de alcohol. Me di cuenta de que mi imaginación había ido cambiando, pues también en la interioridad de mis sueños los paisajes eran otros. Ya no veía a mamá arrastrando su largo pelo por entre la hierba de los Yungas. Los árboles de Santa Cruz, en general petisos, habían dado lugar a las montañas impasibles, acostadas en el horizonte. Y también las criaturas que antes me eran familiares y divertidas —los pericos o las parabas azules— habían desaparecido y una nueva fauna poblaba mis deseos. Los osos, los zorros, los ciervos y los coyotes, sus sombras o sus ojos de mirada directa, en ocasiones dulce, eran seres cotidianos en mi ensoñación. ¿De verdad yo quería irme ahora que un cierto orden me permitía convivir con el pánico mío de cada día y con todas esas siluetas que el mínimo cambio de luz dibujaba sobre la superficie de las cosas? La nueva realidad que circundaba nuestra casa fósil había venido a mi encuentro y no me había hecho daño.

Sentada en esa hamaquita, recordé cómo una vez Dani y yo habíamos visto una osa, una verdadera. Era una tarde del segundo año. Dani y yo habíamos subido hasta los mercados de la Pradera, la parte donde terminaba Manitoba y el campo se abría a colinas onduladas, amplias, un poco antes de que comenzaran las carreteras hacia la capital, y cuando regresábamos con las botellas de vino para cocinar, el único que entonces podíamos comprar con la identificación de mi hermano, Dani dijo que me encantaría ver a Luna Sangrienta y a Petite Mort domando caballos en los alambrados de la reserva. Por supuesto esos no eran sus nombres verdaderos, pero conmigo Dani se refería así a los únicos amigos que entonces habíamos conseguido hacer en Manitoba. En realidad, se llamaban Kenya y Mistah, como cualquier persona en el país nuevo. No eran nombres perversos como los nuestros. ¿De qué lugar Dani había sacado esos apodos para nuestros nuevos amigos? Estaba claro que la imagen de tía Anita despatarrada, después de haberse tocado de ese modo mientras recitaba poemas lujuriosos de su preciado libro, había impactado a mi hermano. Esto es la *Petite Mort*, había dicho ella con las facciones desencajadas por el placer. Y a Dani le había gustado esa frase y con ella había bautizado su amistad especial con Mistah. ¿Y Luna Sangrienta? Tuve la certeza de que ese nombre lo había robado de mis pesadillas. *Preacher* Jeremy nos ha contado el modo en que José pudo ver la bonanza y la miseria en los sueños con vacas del Faraón, ¿recuerdan? Catorce vacas en total, si sacamos las cuentas. Era posible que Dani, con los trucos indios que aprendía de su amigo Mistah, hubiera entrado en mis sueños para acompañarme, para espantar los claroscuros que pintaba mi glándula pineal. En uno de los sueños mamá aparecía sacudiéndose del vestido la tierra fresca de su tumba y las vetas de cenizas, sus propias cenizas, de su pelo negrísimo. Mamá regresaba con un libro grande, de tapas duras y brillantes, y así, con el pelo desordenado por el afán de volver a la vida, me contaba un cuento. Abría una de las revistas de historietas que papá coleccionaba. Ven, Nadine, me llamaba, siéntate en mi falda que te voy a contar la historia de unos guerreros de la pampa argentina, decía, y aunque el guerrero se llamaba Juan Martínez, sus enemigos le llamaban Huinca Negro, y a su hija, la pequeña que había nacido con un exquisito lunar de vino sobre el párpado derecho, se referían como Luna Sangrienta. La pequeña Luna Sangrienta, me contaba mamá, no se avergonzaba de esa mancha de nacimiento, pues en su familia y en su tribu todos se pintaban la cara dependiendo del día festivo o si debían ir a guerrear en los llanos.

Claro que no podía comprobarle a Dani que él me había robado aquel nombre. Invadir los sueños ajenos es un acto vergonzoso. El intruso puede ver allí todo lo que de verdad deseamos y todo lo que nos llena de terror como una inundación imparable. Es probable que el pobre Dani ya no recordara las caras de nuestros padres y eso explicaba su necesidad de saquear mis secretos. También Dani necesitaba verlos y contarles lo que nos ocurría en Manitoba, mientras tía Anita comenzaba a desentenderse de nosotros para emborracharse abrazada a las damajuanas como si fuera un macho.

El día de la osa le recordé a Dani cuán prohibido teníamos acercarnos a la parte más privada de la reserva, donde los *métis* habían instalado un casino del que se decían cosas terribles. Tía Anita hacía pequeños negocios con los *métis*, pero de allí a que nos acercáramos a sus cabañas y granjas había una diferencia sideral. Esa tarde nos quedamos en la orilla más angosta del río, desde donde apenas se podían ver las casas móviles, los bares y tiendas de baratijas y los cobertizos donde Mistah protegía a los caballos de raza de las ventiscas heladas.

¿Todos esos caballos son de los *métis*?, le pregunté a Dani.

Casi todos. Algunos solo están por un tiempo. Petite Mort los prepara.

¿Los prepara? ¿Para qué?

Para que compitan en carreras o simplemente para que se comporten bien con sus dueños.

Dani venía contándome con lujo de detalles el modo en que Mistah educaba a esos caballos, cómo les hablaba en su lengua y los caballos le entendían y cómo el indio los cepillaba mientras les cantaba canciones *métis* que, según Dani, eran las más hermosas que el oído humano había escuchado, y luego los hacía abrevar de unos cántaros donde derretían los témpanos. Y los montaba en las madrugadas, antes del deshielo más cruel, que es cuando sale el sol. Dani venía diciéndome que Mistah era su amigo y que tenía una melena espléndida, de un azabache fantástico, y que era muy macho porque podía bañarse en el agua helada del lago sin apenas tiritar, dejando que el agua le puliera el pecho, le erizara sus tetillas negras, le barnizara los tatuajes de la pelvis y esto y lo otro… Dani no sentía vergüenza de contarme detalles, llegó incluso a detallarme cómo era el pene de Mistah, ancho, con una cabeza de cobra hambrienta… Disculpe, *Preacher* Jeremy. Solo quiero dejar claro que mi hermano Dani no podía evitar sentir esa atracción, no dependía de él. Todo está en la glándula pineal, puedo asegurarlo. Y la glándula pineal es la cámara de la felicidad humana; ella graba cada uno de los impulsos, en su más pura honestidad, igual que las cajas negras de los aviones. El Señor, nuestro máximo Creador, fue misericordioso al regalarnos semejante diamante en el centro de la cabeza, no importa si viene dañado, como el mío.

Les decía que esa era la conversación que Dani y yo sosteníamos cuando de pronto vimos a la osa. Era gris, con la espalda y el pecho blanco. A primera vista supimos que era un animal joven, puro instinto y poca maldad, pero que le bastaría un único zarpazo para degollarnos a los dos. Sin embargo, se quedó quieta y nos miró como miran las personas, intentando atravesar la piel para saber qué cosas ocurren dentro de tus neuronas, igual que los encefalogramas. A mí me han hecho muchos.

Escuché que Dani resoplaba. Él siempre hacía eso cuando estaba feliz y cuando estaba nervioso. Mi hermano también pudo haber sido un buen cantante de góspel.

Nadine…, susurró mi hermano.

Yo apreté mis párpados y me dije lo que siempre me decía cuando no me gustaban las escenas de la realidad real: que era un sueño y que, si estiraba la mano para tocar eso que se me presentaba, mi mano atravesaría el aire, mis dedos tomarían la nada, mi cuerpo avanzaría en el vacío. En esa concentración estaba, cuando el gruñido terrible de la osa me penetró el pecho como un golpe de viento helado.

¡Sa maeñ!, gruñó alguien. No era la osa, por supuesto. Dani apenas respiraba. Su amigo Mistah había detenido a la osa con un solo grito. Mi mano todavía seguía extendida a unos centímetros del animal, pero esta miró a Mistah como reconociendo a un amo o a un hermano mayor —del modo en que seguramente yo miraba a Dani cuando me sacaba de apuros—, se dio la vuelta y se perdió entre los árboles, con una ligereza que yo nunca hubiera imaginado en semejante mole de pelo.

Mistah bajó los hombros como desinflándose. Dijo que era una suerte que aquella bestia natural —es lo que yo entendía del francés mestizo que usaba con mi hermano— no me hubiera hecho nada porque entonces él tendría que sacrificarla y no se había preparado para llevar a cuestas otro espíritu.

¿Llevas muchos espíritus encima?, le preguntó Dani.

Mistah sonrió con dulzura. Tenía los ojos grises y los dientes muy blancos y muy hermosos, excepto por un diente de oro que arrojaba su brillo impuro desde el fondo de la boca.

No es bueno hablar de los espíritus que uno se carga, dijo, levantando su camisa para señalarnos los tatuajes de su estómago. Una serpiente le cercaba el ombligo y un puma se alargaba de costado a costado en sus costillas.

Tengo otros en los brazos, dijo, y yo recordé la sed de él con la que Dani me había hablado.

Dani me aclaraba lo que yo no podía entender porque Mistah continuaba hablando en la lengua mezclada. Dani lo entendía casi todo. Podría decirse que Dani también se había adueñado de esa lengua, tanto que muchas veces le traducía cosas a la propia tía Anita. Yo interrumpía la conversación con preguntas. Mistah era lento contando sus historias excesivas y yo quería llegar al desenlace, saber a qué caminos y situaciones lo habían llevado en su vida humana todos esos animales que, según él, se había visto obligado a sacrificar, no siempre para evitar un mal mayor; a veces solo para calmar lo que él repetía una y otra vez: este fuego.

¿Qué más?, ¿qué más?, preguntaba yo. Mistah se callaba por unos segundos para tomar aire y volvía a dirigirse a Dani como si yo no existiera. Tampoco me miró cuando dijo por fin claramente:

Tú tienes que aprender a cultivar la paciencia. Tú tienes que tejer mejor el tiempo, respetarlo. Paciencia y respeto. ¿Cómo vas a poder vivir sin morirte?

Ese día me quedé pensando en lo que Mistah había dicho. Vivir sin morirse. Definitivamente esa lengua mezclada que hablaba, el *michif*, era difícil y yo no podía entender sus verdaderas intenciones, pero Dani sí. Yo no supe, por ejemplo, en qué momento de esa tarde llena de sustos y sorpresas, Mistah le había metido en la hermosa cabezota de Dani que sería bueno irnos. Mistah le había trazado un plan sencillo: Dani, que ya tenía diecisiete (lo cual en realidad no importaba porque entre esos indios modernos la edad se seguía midiendo de otra manera), se casaría con Kenya y de este modo se convertiría en un *métis*, no porque lo dijera la ley –me explicó Dani con la misma lentitud que le había copiado a nuestro amigo–, sino porque los lazos ocurrían sobre las copas de los árboles y en los picos altos de las montañas y esos eran los que de verdad valían. Entonces podríamos cruzar a Estados Unidos sin el permiso ni la compañía de tía Anita y nuestras vidas serían verdaderamente libres.

Estaba claro que la propuesta que Mistah había inoculado en mi hermano ahora florecía con determinación. La fuerza nueva de esa idea fija congestionaba el rostro de mi hermano sin afearlo. Dani había tomado una decisión y me tocaba a mí elegir un camino.

Volví a mirar a Anne Escori a través del vapor de la ventana. Allí estaba ella, gorda y alcohólica, en esa cabaña apestosa. Al fin y al cabo, era nuestra tía, la hermana que mamá había querido cuidar y que ahora nos cuidaba. Que intentaba cuidarnos. Dani no la había incluido en su destino. Dani tampoco me había preguntado cuáles eran mis verdaderos deseos. Si me lo hubiera preguntado, ¿qué habría dicho? Mi primer impulso quizás habría sido pedir: "Que mamá viva", pero de todas las cosas imposibles de este mundo, esa era la más imposible de todas. Seguramente me habría conformado con pedir un helado de chocolate o con tener el pelo de Kenya, que era rojo porque molía una semilla y la mezclaba con tierra para pintárselo. Si Dani no hubiera sido marica, seguramente habría caído profundamente enamorado de Kenya, que merecía ese nombre secreto con el que mi hermano la había apodado, Luna Sangrienta, pues su pelo se incendiaba con el sol del atardecer. Luna Sangrienta, sí, aunque se vistiera como cualquier otra gringa de Winnipeg: con abrigos acolchonados de plumas y botas de caucho para caminar en la nieve y soportar los inviernos increíbles y las falsas primaveras.

Busqué un centavo en mi parka, pero nunca cargaba dinero.

Miré el cielo nocturno. Lo recuerdo bien. Todavía veo las nubes avanzando con intenciones de cubrir la luna menguante, de morder lo poco que quedaba de ella. El viento las dispersaba y la luna seguía intacta allí, como una rajita de limón. Cerré mis ojos y conté hasta diez. Si al abrirlos la luna seguía limpia, me quedaría con Anne Escori en la casa de vigas podridas. Si las nubes la habían vencido, me iría con Dani y su amigo Mistah adonde fuera que el camión con la carga de caballos de raza nos llevara. Uno, dos, tres, cuatro, comencé a contar...

A la semana, Dani dijo que la fuga requería dinero. Tuvo el buen tino de no exigirme el diamante, pues no lo habría soltado por nada del mundo. Llevar esa joya conmigo me hacía sentir segura. La acercaba a mi cara y el diamante me iluminaba y por unos segundos sentía que algo en mí se embellecía, a pesar de lo gorda que me había puesto y del modo en que los vellos de mis brazos se habían engrosado. No era más que una asna cenicienta, rodeada siempre del aura gris de mis temores. La glándula pineal ya hacía estragos con mi contextura. Mucho después supe que esta gordura podía ser usada para potenciar mi voz, para gruñir, para alabar, para llorar cantando.

Durante las semanas siguientes, Mistah llevó a Dani en su camioneta hasta los hospitales y postas camineras para que vendiera su sangre. Los *métis* nunca donaban por una cuestión de creencias en sus ancestros y de hilos de plata que se soltaban fatalmente, de modo que la sangre de Dani era muy apreciada. Reunieron casi quinientos dólares. Seguramente pueden sacar cuentas de cuánta sangre significaban quinientos dólares hace treinta y tantos años. Era demasiada plata para gastarla toda en un viaje por tierra hasta Estados Unidos. Con esa cantidad era posible llegar al fin del mundo. Tía Anita fue la única en notar que Dani se estaba poniendo pálido y prometió que nos llevaría a que nos desparasitaran. Nunca lo hizo. Del mismo modo que nunca me había llevado al pediatra para que analizaran la diferencia entre mis pupilas y de esta manera descubrieran que el ánimo maligno había ido trepando desde mi nuca y amenazaba con gobernar mi cuerpo, entronado fatalmente en la silla turca.

La noche en que los *métis* celebraban su fiesta de la Caza Anual de Búfalos, Dani y yo por fin pudimos obtener un permiso oficial de tía Anita para regresar tarde. Ella había dejado de usar el chantaje del ánimo maligno porque ya no éramos niños y las historias de bultos y demonios eran ineficientes, sin embargo, si mirabas su cara siempre inflamada, te convencías de que todo ese dominio con que nos extorsionaba, por lo menos a mí, era cierto y se había cernido sobre ella. Esa noche le dejamos la cena hecha, tiramos su colchón en medio de la sala porque la viga podrida del techo de su pieza estaba a un tris de desplomarse, y prendimos la chimenea. Dani puso varios leños verticales para que las llamas no se extinguieran tan pronto. El termómetro iba a bajar sin ninguna consideración por los humanos y los animales.

Yo todavía no le había comunicado mi decisión, pero, camino a la reserva, Dani me trató como si todo fuera una larga despedida. Me mostró el tatuaje que Mistah le había dibujado en el pecho mezclando colores vegetales con las cenizas de nuestros padres. Era el símbolo del infinito, ese ocho que levita en la nada, dentro de un ojo. Me confesó que acababa de tomar el dinero que tía Anita guardaba en un tarro de tabaco Prince Albert, que no era mucho, pero servía. No quise pensar que a Dani lo empujaba la avaricia, ¿o acaso quinientos dólares no eran suficientes para comenzar una nueva vida? ¿Por qué llevarte también los ahorros de una vieja borracha? Dani me leyó la mente y me dijo que, para montar un negocio en Estados Unidos, como él lo había pensado, quinientos dólares era una suma ridícula. Además, seguro tía Anita tenía escondidas otras latas con dinero. Eso podía apostarlo. Me dijo que quizás era hora de recordar algunas de las llaves de Kung-fu, en caso de que tía Anita y yo nos mudáramos a Winnipeg y yo comenzara a asistir a algún instituto. Yo había olvidado por completo las llaves de Kung-fu. Por otra parte, bastaba con mirar mi cuerpo, el modo en que mis muslos se friccionaban al caminar, para concluir que yo no podría levantar una pata más allá de la altura de la hierba recién nacida, menos iba a abatir a quien fuese con una llave oriental.

En la reserva, los *métis* habían instalado carpas y el olor de la carne de búfalo asada flotaba como una provocación intensa. Kenya rasgaba una guitarra y cantaba cosas en *michif*. Se había puesto el pellejo de un asno como capucha, orejas y todo. Su cara hermosa, de pómulos orgullosos, contrastaba con ese pelambre gris que la protegía del frío.

Esa noche comimos, bebimos y bailamos al son de los violines como poseídos. Dani se mareó rápido, seguramente porque la venta masiva de su sangre le había mermado la resistencia de la que siempre se había jactado. Cuando competíamos entre nosotros tomando traguitos de las sobras de las botellas que tía Anita arrinconaba en la despensa, Dani siempre ganaba.

Cansada, quise sentarme al lado de Kenya, cerca de las brasas todavía calientes donde habían asado la carne. Kenya me ofreció su capucha y, aunque temí verme ridícula y fea bajo las orejas de aquel pellejo, no quise ser descortés y me la puse. De todas maneras, busqué lo mejor de mí para ofrecérselo y solo encontré mi voz. Abrí pues mi "bocota" y canté como nunca antes. Era una canción góspel que había escuchado en la radio, una canción honda, de pocas palabras, que me aceleraba el corazón. Fue la primera canción góspel que canté en mi vida.

Kenya dijo: Tienes la voz más resplandeciente que he escuchado jamás, Piel de Asno.

Yo sentí que me ruborizaba. Quise decirle: "Gracias, Luna Sangrienta", pero me contuve, pues no quería que nuestra amistad se manchara con el menor malentendido. También pensé que no me veía tan mal bajo la capucha peluda; no solo escondía mi gordura, sino que me acercaba a esa forma de ser misteriosa y natural de los habitantes de la reserva. Era una lástima que Dani quisiera irse de un lugar donde por fin nos sentíamos en casa.

Después de la medianoche, cuando la mayoría de los hombres se había emborrachado y algunas mujeres reían de un modo más violento y lujurioso, Mistah le pidió a Dani que lo acompañara a los cobertizos. Uno de los viejos dijo algo en *michif* y se rio con malicia.

Pasaría media hora cuando Kenya me preguntó si yo también quería ir a mirar los caballos que viajarían a la gran competencia equina en Minnesota. Podríamos peinarlos o cortarles las puntas secas de sus crines para que se vieran como lo que eran, dueños de las praderas, de la velocidad y del viento. Son nuestros representantes, dijo Kenya.

¡Regresen pronto!, dijo el mismo indio viejo que se había reído con Mistah y Dani. Su cara envuelta en el humo amargo del tabaco no expresaba ninguna preocupación. Era la cara de alguien que reconoce con serenidad los extremos del mundo: la lluvia o el infierno. El tedio o la resurrección de los muertos queridos. Los ojos vítreos, celestes, eran idénticos a los de tía Anita. Quizás en vidas pasadas ellos también habían sido hermanos. Pero esta era otra vida.

Vuelvan antes de que se apaguen estas fogatas. Hay blancos dando vueltas, ¡no hagan trampas!, volvió a reír el viejo.

Esto último confirmó mi felicidad. Dani y yo no éramos considerados blancos en la reserva. Estábamos allí como un pariente más. Por un instante la imagen de tía Anita durmiendo despatarrada en el colchón que habíamos tirado en medio de la sala me perturbó. Ella sí sería una blanca borracha en la festividad anual de los búfalos.

Ni Kenya ni yo nos espantamos al escuchar los resoplidos de Mistah y Dani en uno de los cubículos. No fingimos que se tratara de los animales ni tosimos o ese tipo de interrupciones que expresan incomodidad. Algo dentro de mí se alegraba por Dani. Disculpe usted, *Preacher* Jeremy. Un cosquilleo inexplicable me ardió en el vientre. La voz agitada de mi hermano, sus gemidos, las palabras roncas que Petite Mort le susurraba, componían un acto privile-giado que yo no alcanzaba a comprender. Pero no estaba ahí para comprender. Era mi destino el que me había llevado. El destino del Señor, *Preacher* Jeremy, hermanos doctores, hermanos del Templo Niágara. Kenya sonreía. Había sacado una navaja con empuñadura de hueso y le rebanaba suavemente las crines a un pony. Era muy hermoso ese pony. Todo era hermoso esa noche.

Todo era hermoso hasta que los faros de un jeep iluminaron la puerta trasera del cobertizo, cerca de los comederos. Kenya gritó algo, dijo "¡Mistah!, ¡Mistah!", con una angustia que no era propia de la templanza de los *métis*.

Los blancos que bajaron del jeep no traían armas y yo pensé que eso podría ser una ventaja o una esperanza. Eran cinco hombres grandes, con melenas que entonces estaban de moda y que usaban algunos cantantes pop.

Solo uno cargaba un fierro largo, una herramienta de camión. Abrí y cerré los ojos tres veces seguidas para asegurarme de que no se trataba de una de esas escenas que mi fiel compañero, el miedo, acababa de montar en la penumbra del cobertizo. Allí seguían ellos.

Con una linterna le alumbraban la cara a Mistah, que apenas había tenido tiempo de subirse los pantalones, mientras el más grande sostenía a mi hermano por la espalda, de un modo que ninguna llave de Kung-fu que pudiéramos recordar de nuestra prehistoria infantil habría servido.

Esos hombres le reclamaron un dinero de apuestas y de heroína a Mistah. Buscaron en los bolsillos, adentro de las botas, nos abofetearon a todos. Pensé que escupiría mis muelas cariadas.

¡¿Dónde demonios está nuestro dinero?! ¿Creías que nuestra estupenda *China White* era una ofrenda a tus estúpidos dioses? ¡Es hora de pagar, puta!

Le llamaban puta a Mistah.

Yo sentía muchas ganas de vomitar... Yo... No quiero entrar en más detalles, *Preacher* Jeremy, porque creo que todos ya hemos comprendido lo que sucedió en la fiesta anual de los búfalos. Esos hombres sodomizaron a Mistah, mientras Dani lloraba como no había llorado ni en la muerte absoluta de nuestros padres. Jalaban de los pelos de mi hermano para que no se perdiera ni un instante de aquel horror. Uno, que traía la boca pintada y llevaba medias caladas de cabaret se acercó mucho a la cara redondita de Kenya y le habló con la más falsa de las dulzuras:

Tengo dos opciones para la princesa. Raparla. Dejarle el cuero liso para que todos sepan que ella y sus ancestros deben un buen dinero. O rajarla.

Kenya ni siquiera tuvo tiempo de escoger entre esas dos supuestas opciones. En unos segundos el sujeto tomó la navaja de la bella Luna Sangrienta y le rajó el costado izquierdo de la boca, casi hasta la oreja.

Hubo sangre negra en el pasto. Hubo sangre. Mucha. Hubo quizás ríos espeluznantes de sangre que fertilizaron a la mala los sembradíos, briznas invisibles y viscosas que todo lo pringaron, el aire y la respiración, la madera y el hierro. Hubo sangre de esa que se pega a la suela de los zapatos para que tus huellas te devoren los talones con su perfidia.

Creí que esa noche moriría. Escuchaba llorar a Dani y escuchaba los gemidos bestiales de esos hombres y el hipido cada vez más apagado de Kenya y no podía imaginar mi propio castigo.

Pero… ¿castigo por qué? ¿Castigo por qué?, empezó a preguntarse una voz en mi interior. ¿Castigo por qué?, comenzó a gritar esa voz. Y grité con una potencia que no conocía, grité con toda la grasa de mi cuerpo, grité desde mi glándula pineal, ahora lo sé. Tanto, que aquellos hombres tal vez se asombraron de que semejante rugido saliera de mí, de mi garganta asqueada. Tanto, que yo misma apenas pude darme cuenta de que ya no era yo quien rugía, sino la osa, la misma osa que Mistah había detenido antes de que me aniquilara de un zarpazo. Era ella la que ahora arrinconaba a tres de aquellos sujetos en el último cubículo y la que rugía con un dolor que solo podía provenir del espíritu y de la humillación y del amor lastimado.

No sé si lo peor de todo sucedió al amanecer. Como les he dicho, la masa que pretende reinar en la silla turca de mi hipófisis y rodear con su veneno a la mariposa pineal me impide poner cada eslabón en orden. Tiempo y respeto, dijo una vez Mistah. He respetado estos recuerdos que ahora les entrego en testimonio, por si la cirugía me los arrebata y en mi cráneo solo queda el vacío. Ya no más fantasía. Los doctores dicen que la cirugía será mínimamente invasiva, mucho menor de lo que se habría pensado, que le debo al góspel, a mis exhalaciones de osa, al fervor cóncavo de mi paladar, esta cura amorosa. La glándula pineal, dicen, se alimenta de aire y de frecuencia y de niveles hormonales. El góspel es todo eso.

Dani y yo volvimos en silencio a la casa. Era imposible conversar, respirar, entender, decir. Caminábamos movidos por la costumbre. Dani olía a mierda, suya o de Mistah, y a bosta de caballo. Sollozaba de a ratos. Los *métis* nos habían prohibido llamar a la Policía. Esa afrenta imperdonable había ocurrido en su territorio y ellos ya sabrían cómo hacer justicia. A algunas leguas percibimos un resplandor tibio que le daba un halo distinto al bosque. Fui yo quien comenzó a correr. Dani me seguía por instinto, con obediencia de zombi.

Nuestra casa era una prodigiosa zarza ardiente que lamía los troncos de los árboles y avanzaba como una legión por el huerto. Supe que el sonido de esa crepitación descomunal era el de todos los esqueletos que me habían atormentado. Las calaveras de los abedules, las de nuestros padres y ahora la de tía Anita.

Era probable que las autoridades pasaran algunos días intentando reconocer nuestros huesos entre los restos del incendio, días que nos dieron alguna ventaja para irnos. No era una huida, lo aseguro. Era una pirueta más en ese largo viaje que habíamos comenzado cuando tía Anita firmó el documento de la custodia. Dani dijo que era mejor que nos separáramos porque los *métis* le habían advertido que la gente que había humillado a Mistah ahora lo buscaba a él.

Te dejo el diamante, le dije a Dani, con una fortaleza desconocida.

Dani miró la joya con ternura, sonrió y la metió en su bolsillo. Años después vi una joya idéntica. Era una estalactita.

También pasaron años antes de enterarme de que a Dani lo asesinaron. No los mismos sujetos. Dani usaba ya un nombre indio y su muerte, su pequeña muerte, sucedió en una pelea de borrachos.

Mi viaje resultó ser el más largo. Ustedes, hermanos míos del Templo Niágara, saben con cuántas caídas menores el Señor sembró mi trayecto. Cuando me volví demasiado grande para seguir deambulando en las casas del sistema de adopción, crucé a Estados Unidos. Canté en bares, me llené el corazón de cocaína, y debo confesar que no la pasé tan mal. Quizás en mi personalidad hay partículas de ese impulso vital que empujaba a mi tía hacia ese precipicio fascinante que puede ser uno mismo, la profunda búsqueda, el conocimiento peligroso. Si decidí seguir los preceptos del Templo Niágara fue porque me ofrecieron lo que mi ser precisaba: cantar, rugir, usar mi voz de osa para trizar el aire. Disculpe usted, *Preacher* Jeremy, pero es así y no de otro modo.

Fue, pues, con los cantantes extraordinarios del Templo Niágara que aprendí la técnica del góspel. Ellos siempre me aclararon que mi talento no dependía de esas técnicas, sino del corazón. También dijeron que el tono de mi voz hería y aliviaba, que era una voz grave y resplandeciente. Así dijeron y así lo entendí.

Les he obsequiado en esta Asamblea médica mi largo testimonio, antes de mi cirugía, y en el caso de que el láser incinere también mi memoria, para agradecerles a todos ustedes por los años de góspel. Lo primero que aprendí de este canto generoso fue a respirar, a hacer del oxígeno un alimento. Y fue en la respiración donde el

Señor obró el milagro. Dicen los doctores que al inhalar con el estómago y al exhalar en las alabanzas sostenidas, pude frenar sistemáticamente el desarrollo de la masa maligna y defender el área delicadísima que rodea la glándula pineal. De otro modo, habría muerto hace años, sin la oportunidad de revelarles esta persona que soy y que quizás no habría sido si mis padres no hubieran fallecido en los Yungas o si mi tía no hubiera cargado con tantos recuerdos de París que la conducían al olvido del alcohol o si no hubiera caminado junto a Dani a la festividad anual de los búfalos. Gracias al góspel experimenté el éxtasis que Leonard Cohen celebra en su bello himno: "la mayor ascensión". Gracias al góspel descubrí que llevo el espíritu de esa osa en el centro de mis hemisferios y es la osa la que canta y la que ruge cuando me paro en el atrio y elevo mi voz. Es la osa Ayotchow, no yo. Disculpe usted, *Preacher* Jeremy, disculpen hermanos. Es la osa. Es Ayotchow. Recuerden eso cuando escriban mi caso médico para la revista científica que se lo ha solicitado. Recuerden, por favor, mi verdadero nombre es Ayotchow, la osa del góspel.

HERMANO CIERVO

El olor a medicamentos que brota como un aura del cuerpo de Joaquín ha tomado nuestra habitación. Se irá en unos días, le dijeron. Pero esta vez ha sido diferente. Ocho muestras de sangre por jornada, dieta blanca, cero exposición solar. La paga es buena, eso es cierto. No nos tendremos que preocupar por la renta de la cabaña durante algunos meses. Joaquín escribirá sin remordimientos su tesis sobre clonación de llamas andinas y otras especies de camélidos y yo intentaré publicar la mía, un análisis demasiado estructurado de lo que pretenciosamente en ese momento titulé "Reino de lo fantástico" y que ahora apenas me entusiasma. Y, claro, podré dedicarme durante horas a comprender la carta astral de mi hermano. No soy más que una analfabeta del cosmos balbuceando una simbología que apenas comprendo.

Tendrías que aplicar a fondos de investigación, suspiro. Así pasamos página a lo del experimento. No me gusta lo que estamos haciendo, Joa. Lo que te están haciendo. Decís que esta es la fase más segura, que si no fuera así, no la aplicarían en humanos. Pero yo tengo mis dudas, ¿sabés?, les da lo mismo quiénes son sus sujetos, ¿o cómo dijiste que los llaman a ustedes?

Prospective Subject, aclara Joaquín con esa voz empedrada que le han dejado los del hospital.

O sea, sujeto prospectivo.

Eso.

Bueno, como sea. Les da lo mismo. Monos, sujetos, personas. Qué se yo.

Le paso la mano por las costillas, porque eso es lo que el tacto me regala bajo su piel reseca. El exceso de vitamina A le ha hecho papilla la epidermis. Todavía no puede darle el sol. Recuerdo esto y no terminan de convencerme las cortinas de gasa negra que obtuve entre los restos de artículos de Halloween en las rebajas de Walmart. Una resolana atenuada por la gasa gótica, pero de todos modos insistente y dañina, nos cubre.

¿Qué pasa si te da mucho la luz del día? ¿Te convertís en vampiro o qué?

Ya te lo he explicado. El hígado. Se podría activar una hepatitis química. En el experimento anterior tuvieron un caso así. La demanda fue altísima, por eso ahora firmamos la cláusula 27. Nada de demandas. Nada de sol. Nada de hijos.

Nos nacerían monstruitos.

Exacto.

Por cierto, nada que no podamos engendrar sin la ayuda de este experimento… ¿Cómo es que se llama?

A-Contrarreactivo. Es un nombre provisorio. Si los resultados son buenos, seguro le inventan un nombre de farmacia, de esos que con solo pronunciarlo pueden aniquilar cualquier virus.

A-Contrarreactivo, parece la consigna de una misión bélica. ¿Y cuándo podremos coger?

Ahora mismo si querés. Con forro, claro.

Odio el plástico. ¿Cuándo podremos coger sin eso?

En seis meses, amor mío. Cuando no quede rastro de

esta sustancia. Y, además, cuando aceptés tomar los antialérgicos contra los anticonceptivos. Los del experimento nos los dan gratis. ¿O te interesa un niño con dos cabezas?

Escuchá cómo suena ese enredo: antialérgicos contra los anticonceptivos. Barrera contra barrera. ¡Mil veces mejor la castidad!

No sé cuánto tiempo dormimos bajo la resolana ennegrecida. Joaquín de costado, sudando los residuos del mejunje de última generación que promete curarlo todo, el cuello desgonzado como el de un pollo listo para convertirse en alimento. Yo, tratando de proteger con mi cuerpo la espalda crística de Joaquín, ese lienzo deshidratado donde ni siquiera asoma un lunar, solo la insinuación de los omóplatos, prueba incontestable de la negativa divina a convertirnos en mejores criaturas, en ángeles caídos o pájaros de una especie ordinaria pero feliz. En todo eso me hace pensar la espalda Joaquín. Mejor dicho, siempre pienso a sus espaldas. Podríamos habernos despatarrado en la alfombra del living a mirar vídeos de YouTube, pero hace semanas que no la aspiramos y sobre su fibra gastada todavía persisten las partículas de todas las mascotas que estuvimos cuidando por unos cuantos dólares. Llegamos a cuidar pájaros en rehabilitación que musculaban sus alas con vuelos de tramos cortos entre las vigas más altas de la cabaña. Y geckos que se las arreglaban solos. Plumas, pelos, escamitas por todas partes. Y ese polvo fino del final del otoño que desprenden las colinas de Ithaca como si fueran ellas, y no nosotros, las que se despellejan. Pelos, polvo y el olor a químicos, a mezclas desquiciadas que humillan el hígado. Vencidos nosotros por un desánimo que el dinero tendría que hacer desaparecer y que extrañamente solo acentúa. Vencidos nosotros…

Despierto con el sonido de la ducha. También escucho, amortiguada por el agua, la tos de Joaquín. La resolana es ahora una noche clara. Ese tipo de noche que antecede a la nieve. Me incorporo y distingo las siluetas de tres ciervos atravesando el sembradío. Deben ser los mismos que regresan cada día a velar el bulto muerto que nos da una pereza brutal reportar a la oficina de animales o como se llame. Total, en cuanto descargue, la nieve terminará de sepultar al hermano ciervo y todos en paz. Entonces recuerdo lentamente que he soñado con el posible hijo que Joaquín y yo engendraríamos bajo el influjo del A-Contrarreactivo, un hijo hecho de vitaminas y dinero que no sabemos usar. Flotaba en mi interior como un animalito ultramarino. De frente al espejo, con una panza de siete meses, podía distinguir a través de la piel translúcida de mi vientre cada parte de su carne no nacida: las dos cabezas, los párpados dormidos bajo el tierno edema de los fetos, las manitos perfectas y los piecitos coronados por dedos supernumerarios, esos piecitos primitivos que alguien había cosido por los talones componiendo pétalos rebosantes de tejido recién formado. Flor de hijito el que me latía en la panza. ¿O sería hijita? Ojalá mi memoria fuera descubriéndole una vulva diminuta en lo que voy recordando el sueño. Me acerco a la ventana y apoyo mi nariz contra el vidrio helado. Limpio el vaho que se le pega por el contraste entre la atmósfera del cuarto y la temperatura exterior. Un ciervo se acerca como si me hubiera reconocido, igual que yo lo reconozco a él, es el mismo deudo de hace días. Tiene un cuerno más largo que el otro.

Hola.

El ciervo da tres coces. Debe ser una forma de saludar. Luego se acerca otro, es más pequeño, será descendencia suya. No sé si a los ciervos niños se les llama "cachorros", tan insuficiente este lenguaje para entrar en ese mundo de elegancia y belleza. El ciervo mayor lo empuja con dos cabezazos, que se vaya, que regrese a llorar al bulto. Están tan cerca de mi ventana helada que puedo distinguir la melancolía de sus pestañas. Al hijo del A-Contrarreactivo, si de mí dependiera, le pondría esas preciosas pestañas lacias de ciervo.

Andate, andá con tu chico, le digo al ciervo. Y me obedece.

En la mañana, me pongo a freír un huevo solo para mí. La lecitina es mortal para el hígado saturado de Joaquín. Me concentro en el huevo y de vez en cuando miro el árbol artrítico a través de la ventana de la cocina. Hasta hace nomás unos días ese árbol era una llama ardiente, un mechón profuso de hojas coloradas. Pobrecito hoy. Por esa ventana no entra la luz del sol. El sol siempre nos saluda por la sala del televisor. Incluso ahora, con la gasa negra vetando el día, el sol frío se afana por quemar los objetos. En la astrología, cuando un planeta está muy cerca del Sol, pierde su personalidad: arrobado por el resplandor del gran astro, el planeta menor enceguece. Mi hermano era de Escorpio, y tenía en esa casa también a Venus y a Neptuno. Tan cerca de su Sol estaban los planetas del amor y los altos ideales, que se contagiaban de ese ardor dañino y, así combustionados, no podían volcarse a los demás, no podían penetrar en la vida para defender su alma de esa violencia que siempre suponen los otros. Todo lo contrario, Neptuno y Venus, enajenados por la gran luz, regresaban iracundos al corazón anárquico de mi hermano y lo atacaban a navajazos, haciendo jirones la esperanza, la confianza, el destello de su propia imagen, la mínima posibilidad de una redención.

Con la mano izquierda me cuesta darle la vuelta al huevo y que me quede como una ampolla decente, ondulada en los bordes. Lo hago igual y el aceite me salpica en el pecho. Me mojo el índice con saliva y me froto ese lugar donde el aceite duele. Trato de no usar el brazo derecho mientras estoy en casa, es mi instrumento de trabajo en el supermercado. A veces intento desapegarme afectivamente del brazo. Lo pienso como una pinza ortopédica, una herramienta que toma los objetos —el champú, la carne, las afeitadoras, los cereales, las redes con frutas orgánicas, los pegamentos para dientes postizos— y los desliza de izquierda a derecha con la suavidad de quien no posee músculos, solo resortes eléctricos. He intentado deslizar los objetos con la izquierda, pero así pierdo precisión para poner los códigos correctamente contra el lector. Termino haciendo dos veces el trabajo, el colmo de la estupidez. Entonces vuelvo a exigirle a mi brazo que se comporte con actitud cíborg, no queremos que las cajas automáticas de autoservicio nos quiten este miserable trabajo *part-time*. De modo que este huevo me quedará roto como si le hubieran pegado un puñetazo en su carita de oro.

También me hago una tostada y la barnizo con miel. Joaquín desayuna la dichosa porción de pollo hervido y una taza de café.

Hoy sí nieva, dice Joaquín.

Ojalá. Así no tenemos que llamar a la oficina de animales.

¿Cuántos días han pasado?, pregunta tragando saliva. Debe tener la garganta seca también. Lástima que tampoco pueda comer yogurt.

Me acerco a la ventana y aparto un poco la cortina negra como si mirar al bulto me fuera a dar la respuesta correcta.

Deben ya ser cuatro días. No, no, son cinco. Está allí desde el viernes. Vos volviste del experimento el domingo. Sí, son cinco días.

Ya huele terrible. ¿No te parece?

No diría terrible. Huele sí, pero no peor que esa basura del container del garaje que ya está toda investigada por las ratas. Pronto va a nevar y con eso santo remedio. Ni olor ni bulto. Quedará sepultado como la Atlántida.

¿Y por qué mejor no llamamos a la oficina y que se encarguen?

Llamá vos. Yo no hablo bien inglés y odio que me pasen con mil operadoras. Además, ya debo salir disparada al súper. Hoy hago solo tres horas de "Atención al cliente", de modo que debo llevarme alguna reserva extra de buen humor.

Lo haré después del almuerzo, cuando estés de vuelta. Seguro que en las tardes tienen menos reportes.

Después del almuerzo, sin embargo, descubro la mancha en la espalda de Joaquín, esa espalda de faquir que hasta la noche anterior era una sabana impoluta.

¿Qué es esto?

Le sostengo el espejo árabe del pasillo y él observa su reflejo rebotado en mi espejito mágico de aumento con el que me extirpo ferozmente las cejas. La mancha no es grande, es más bien como una huella digital discreta, o como si alguien −que no soy yo−, le hubiera clavado el pulgar en los segundos gloriosos del orgasmo.

¿Te diste con algo?

No, que lo recuerde. Pero con esto de los efectos colaterales…

¿No tendrías que reportarlo?

Esperemos un poco más. No quiero ir hasta allá, llenar formularios y que me vuelvan a sacar sangre.

¿Qué harán con toda la sangre que les sacan a ustedes, no?

Analizarla nomás. Almacenarla. Son documentos, evidencias, pruebas científicas. Si no, ¿cómo van a defenderse luego ante la OMS o ante cualquier queja de algún hippie antifarmacias? ¡Con nuestra sangre, claro!

Me asombra la vehemencia de Joaquín, sobre todo

porque ahora, cuando la noche prematura ha vuelto a instalarse, se ve más pálido que en la mañana. Una vehemencia que parece ira. Quizás las pruebas se traten de eso, de sintetizar todas las hybris de las emociones, la indignación y el miedo, por ejemplo, y ver si esa contradicción insoportable nos moviliza un poco de los lugares donde acomodamos, anestesiados, las inconfesables ambiciones. Vehemira, así debería sonar el nombre artístico del medicamento que está transformando a mi marido. Pero tiene razón, su sangre es lo que quieren. Con eso se protegen de los posibles errores. La sangre convertida en código y en estadística y tendencia. Nada más irrefutable que la sangre matemática. Sangre científica que permitirá comercializar esta fórmula prodigiosa capaz de hacerle frente a la lepra, al acné, al sida, al dolor del alma y a todas las pestes que han aparecido con el cambio climático. De algún modo todo esto me hace recuerdo de un caso que estudié en mi tesis. El caso de la Azucena de Quito, una muchacha que alcanzó la santidad con el único método posible en ese tipo de afanes: atormentándose. A esta muchacha enfermiza del siglo XVII había que drenarla diariamente. La india Catalina, encargada de deshacerse de las extracciones que en los mediodías le chupaba el Sangrador, vertía el líquido en el huerto. Y es en ese huerto fertilizado que nace la más bella azucena, una flor que jamás se marchitaba, que se cerraba por las noches y al amanecer se abría, siempre nueva, en absoluta posesión del tiempo. De ella emanaba una fragancia que arrebataba el ánima. ¿Cuántos viajes habrá remontado la sierva Catalina dulcemente enajenada por el incienso de esa sangre?

La sangre de Joaquín también hace milagros. Éramos pobres y ya no lo somos. Estábamos al borde de declararnos en bancarrota y ya no lo estamos. Nos atribulábamos en el insomnio de las tarjetas de crédito y ahora nuestra reputación crediticia está a salvo. Viviremos así, de experimento en experimento, hasta que Joaquín se convierta él mismo en un médico lleno de respuestas futuristas o hasta que yo encuentre un trabajo parecido a la dignidad en alguna facultad de humanidades y renuncie definitivamente a mi *part-time* de cajera en Walmart. *Did you find everything okay? Have a nice day!* Y, claro, *Merry Christmas* y *Happy holidays!*

Me meto en la bruma protegida por mi poncho. Enciendo la linterna del celular y avanzo de puntillas hacia el bulto. La nieve está nuevecita y todavía parece algodón, pero sigo avanzando de puntillas porque sé que al reino de la noche solo se puede entrar así, no sea que por confiada se abra el suelo y uno termine en otro sitio. Un grito no me salvaría de esa abducción subterránea. Vivimos tan lejos de todo, cercados por los *Finger Lakes* y por el rumor de las cataratas, que mi grito se confundiría con el de algún lobo acuciado por el hambre.

El ciervo tiene los ojos abiertos y todavía hay brillo en esas córneas. Será el efecto del frío materializándose sobre todas las superficies. Es cierto que hiede, un olor entre amargo y dulzón que todavía no es insoportable pero que penetra el aire a pequeñas ráfagas. Y es cierto que de su panza rajada por un balazo se han alimentado las ratas de la zona, devorando lo mismo las tripas que los gusanitos. Las vi ahí, escarbando con esa manera siniestra que tienen los roedores de comer, aplicados, minuciosos. Tal vez, incluso, en los primeros días deben haber hecho camping allí, buscando una última tibieza. Hay que sobrevivir al maldito invierno, en realidad no las culpo.

Me pongo en cuclillas para mirarlo mejor. Lo recorro con la luz del celular sin poder evitar la sensación tristísima de que estoy lastimando algo invisible. Es una cierva. No tiene cuernos. En la panza destrozada todavía se distinguen los pezones inflamados, no sé si por la violencia de su muerte o porque estaba preñada. Las ratas habrán devorado también a la cría. Me entran unas profundas, incómodas, ganas de llorar. Estiro la mano para acariciarle las ancas.

¿Qué mierda hacés?

Caigo de culo. La náusea recién me toma.

¡Mierda! Nada. Vos, ¿qué hacés afuera? La luna no me va a matar.

Pero el frío, sí. Te dijeron que no pescaras ninguna gripe. Terminá ese jodido experimento de una vez.

¡Dios, cómo apesta esa bestia!

No le digás "bestia". Por favor… no la llamés así.

El séptimo día después del experimento decidimos ir al hospital. La mancha en la espalda de Joaquín ha crecido y ahora le cubre una buena porción de la espalda, como un hemisferio acuático que va mondando la arena con serena pasión. Ha nevado sin titubeos, de modo que vamos a velocidad moderada, especialmente porque hace tres años que estamos con estos neumáticos varias veces parchados. Prometimos que un día compraríamos ruedas para la nieve, de esas que tienen dientecitos, pero son tan caras que incluso ahora nos disuadimos el uno al otro pensando que un día el invierno terminará. Además, hemos tenido que esperar al atardecer para que durante este trayecto tan largo Joaquín no reciba ni una pizca de la luz venenosa multiplicada por el paisaje blanco. Joaquín busca una radio boliviana en su teléfono y la conecta al Bluetooth. Las voces, los acentos tan queridos, nos llegan intervenidos por el temporal. "Nos estamos matando", solloza alguien en una entrevista. Me revuelvo en el asiento. Quiero saber más de ese "nosotros" desesperado que se revela en esa voz rota.

Mi madre dice que es otro país, comenta Joaquín.

Quizás deberíamos ir. Ver de cerca cómo están.

Mi hermana dice que la gente ha cambiado tanto, que todos son ya otros. No sé si debamos ir, Joa. No ahora. Salgamos de las deudas primero.

Nosotros tampoco somos los mismos, ¿no?, intenta bromear Joaquín mirándose por un instante en el espejo retrovisor. El bálsamo de mantequilla de maní sobre sus labios arrasados no parece aliviarle en nada; allí siguen las costritas incurables, tensándole las comisuras de la boca en un gesto casi cínico.

Pasamos por las granjas de la zona, los cobertizos de madera oscura que se alzan como templos de religiones malignas siempre me hacen imaginar chicas secuestradas que ya no recuerdan sus nombres, muchachitas contenidas por cadenas tan gruesas como las que usan los tanques quitanieve para impulsarse en estos pantanos blancos, de modo que cierro los ojos y los abro cuando calculo que ya estamos en la parte más linda del camino. Ahí está el cementerio de los soldados. "El último hogar de los héroes", dice un letrero tímido en el sendero del ingreso. Supongo que, desde el punto de vista de esta cultura de medallas y nacionalismos, ir a la guerra es suficiente para convertirte en un héroe y más si retornas hecho polvo en un cofrecito lacrado con los colores de la bandera. Nunca he entrado a este campo sembrado de cruces, pero ganas no me faltan. Lo que me atrae, además de la aciaga belleza de las tumbas, de esa indiferencia última, casi altiva, con la que permanecen allí, es la historia resumida de cada vida. Supongamos que un soldado nació el 5 de abril de 1995 y que tuvo que enrolarse en las filas en 2013 durante una de las peores cuadraturas entre Saturno y Plutón, seguramente siguiendo el instinto de una personalidad impulsiva, incapaz de encontrar sosiego en la contemplación, y que su cuerpo estalló por una granada ese mismo año, cuando Urano le hacía un aspecto terrible a su Luna natal. Lo que yo calcularía con el código de las estrellas es eso. La impronta de un destino, su ecuación más sutil, el inicio del alma y la forma en que se arquea hacia su final, esa caída hipnotizada hacia la casa octava. El resto, las desilusiones y el amor, o la adicción a esas drogas de guerra que les suministran y que seguramente antes han necesitado sujetos prospectivos como Joaquín, sus chistes negros, sus pesadillas o súbitos deseos, esas cosas que les dan forma a los fantasmas, eso no lo toco. Mi saber no alcanza para tanto. La "Teoría de las estrellas", como dice Ptolomeo, necesitaría de toda mi existencia. Que los héroes duerman en paz.

En el hospital, efectivamente, Joaquín completa muchos formularios. Sin embargo, no nos hacen esperar como a los demás. Si esto fuera un hotel o un aeropuerto o, incluso, la antesala del purgatorio, se diría que somos huéspedes VIP. Nos dan la autorización para pasar de inmediato a las salas de laboratorio, en el ala de *Prospective Subjects*, donde llegamos exhaustos luego de recorrer pasillos, jardines, ascensores, bosquecitos cosméticos, de nuevo pasillos y amplios umbrales. Aunque Joaquín dice que puede permanecer sentado o parado, lo obligan a acostarse en una camilla aséptica, lo sabemos porque le quitan un plástico que la cubre por completo, y a mí me exigen usar un barbijo. La vista de la habitación es preciosa, mira a un hilo flaco del *Cayuga Lake*. La luz de los faroles titila en el agua. Joaquín y yo nos quedamos hechizados observando a un hombre que pesca con paciencia infinita. Los pescadores nocturnos son habituales en esta parte del mundo.

Vienen dos médicos que Joaquín saluda como si fueran sus primos o viejos compañeros del doctorado. Sin embargo, ellos no se quitan ni los guantes ni el barbijo cuando le dan la mano a mi marido. Uno habla inglés, el otro le hace al español.

¿Cómo anda esa tesis, eh? Te queremos pronto en el equipo.

A mí también me saludan y me piden con una amabilidad parecida a la culpa que espere afuera.

Les digo, no sé con qué arrogancia, que prefiero quedarme.

Tienen la decencia de asentir.

Al fin y al cabo, Joaquín es la otra mitad de mí. Ahora mismo, mientras le hacen punciones en la espalda ya totalmente tomada por el hematoma irracional, puedo sentir en mi propio cuerpo, en los riñones, el ardor de las células que empatizan lo mismo en las buenas que en las peores.

¿Estás seguro de que no fue un golpe?

No, no.

Are you completely sure?

Seguro, seguro no… No puedo estarlo. Cualquier cosa me abre la piel. Es como si mi sangre estuviera lista para aglutinarse. En Bolivia a estas cosas le llamamos "moretes", sonríe Joaquín buscando mi mirada. Yo también le sonrío debajo de la innecesaria mascarilla.

En un cuadro de hipersensibilidad volémica, el mínimo roce puede provocar…

Ecchymosis. Of course, that is one possibility.

Pero no es grave. Díganlo en voz alta para no intranquilizar a mi esposa.

Los médicos no dicen nada. Guardan los tubos con la sangre negra de Joaquín y dicen que volverán con pruebas clínicas.

Joaquín y yo quedamos solos de nuevo. Me acerco a la ventana para buscar la tranquilidad del Cayuga.

Seguro van a tener que darme un pago extra por esto, dice.

Le miro atentamente la cara para saber si bromea. No bromea. Pero hay un gesto o un destello desesperado en su mirada, en la forma en que levanta las cejas.

¿Un pago extra? ¿No dijiste que firmaste no sé qué cláusula para evitar demandas?

Sí. La 27 y además un reconocimiento del Principio de No Maleficencia, algo de todos modos cuestionable. Yo he cumplido con todo. Y justamente por eso me convierto ahora en el sujeto prospectivo más apetecible.

¿No me digas?, escucho mi propio tono de voz cuando se pone agudo a causa de la impotencia. Con la lengua me acaricio el paladar, eso me tranquiliza.

Sí. Y ahora cuando vuelvan ya verás.

Pero los médicos tardan un par de horas en venir. En la espera, Joaquín y yo hemos decidido que, al salir de esta, con el dinero sanador que nos darán, compraremos de inmediato pasajes a Bolivia, no importa si todo allá ha cambiado, no importa si, como dice mi hermana, los amigos se han enrarecido y flotan el estupor y la furia en todas las charlas. Iremos.

Necesitamos hacer más exámenes, explican. Tendrás que quedarte unos días, pero por supuesto serán días cubiertos económicamente por el experimento.

¿El mismo tipo de pago de la primera fase?

Same conditions.

Entonces no.

¿Cómo no?, el médico hace el gesto instintivo de quitarse el barbijo, pero se detiene.

Deben pagarme el doble. De otro modo buscaré atención hospitalaria por mi cuenta.

Los médicos me miran probablemente esperando que yo haga entrar en razón a Joaquín. A mi vez, miro de nuevo a Joaquín y lo que veo es un hombre lleno de inteligencia, de proyectos científicos, un hombre a merced de esa sangre revuelta que ahora va trepando por la nuca, tiñendo ya de púrpura la piel que forra su primera vértebra. Una sangre descontrolada que quién sabe lo que haga cuando termine de cubrirle el cráneo.

Páguenle el doble o nos vamos, digo. Podría añadir: Y nos llevamos el cuerpo de Joaquín a un mejor postor. ¿Pero quién se permite un exabrupto más en una noche tan absurda?

Joaquín firma muchos documentos y a mí me hacen firmar uno en que me comprometo a dejar que el equipo de investigación se quede con el cuerpo de mi marido si él muere durante la fase X. Me pagarán mucho dinero si ese es el caso. Casi no tienen sujetos en la fase X. Esta fase ya no tiene número. Pertenece a ese tipo de registro que usaban los de la serie *Expediente X*.

Para despedirme de Joaquín ahora me obligan a usar un traje antibacterial. Nada que envidiarles a los jumpers con que los astronautas se lanzan al espacio, felizmente enceguecidos por la ambición sagitariana de los viajeros, llenos de ese júbilo envalentonado que solo Aries en sus primeros grados puede regalarle al nativo. Avanzo con mi traje y me abrazo a Joaquín, que ahora viste esas batitas humillantes de los hospitales. Siento sus músculos y la intimidad de su esqueleto como en la niebla de un sueño.

Si me muero, rescatame, dice mi marido con los ojos húmedos.

Y yo lo aprieto contra mi traje aséptico, y sé que debo prometerle:

Te lo juro. Si morís, vendré por vos.

Llego a la cabaña al amanecer. Rasgo la maldita gasa de la ventana del living y me la meto en boca. No sé por qué hago eso. Debe ser porque quiero castigar mi ceguera neptuniana, mi falta de tino para aconsejar a Joaquín. Todo se veía tan bien con ese Júpiter óptimo que le aspectaba su ascendente. ¿No sabía yo que Júpiter es también la desmesura, la inflamación, el exceso, la gloria fugaz, el desborde, la infinita lujuria, la carcajada y el brillo, la estrella espontánea, la fiesta cósmica? ¿No es eso, acaso, el primer espejismo de la muerte?

Salgo al sembradío y camino rápido, perseguida de mí misma, hacia el bulto.

Ahí está. Ahí está ella. No me ha dejado sola.

Le aparto la nieve de las ancas y la cubro con la gasa. Su cuerpo abierto ya no anida gusanos. Es casi una cueva en la que yo misma podría caber.

Me pongo de rodillas, intento rezar algo, pero no me sale. No me acuerdo. Estoy invadida de otras cosas. Entonces, poco a poco, viene a mí la oración de Ptolomeo.

Escuchá esto, cierva. Es para vos:

"Bien sé que soy mortal, una criatura de un día. Pero mi mente sigue los serpenteantes caminos de las estrellas. Entonces mis pies ya no pisan la Tierra, sino que al lado del mismo Zeus me colmo de ambrosía, el divino manjar".

Repito la oración muchas veces para que la nieve, tan sorda y metódica, también escuche, para que las cataratas escuchen, para que con mi voz se quiebren los *Finger Lakes*, para que vengan los ciervos huérfanos, para que sepan los cazadores y los médicos, para que los árboles artríticos tiemblen, para que la culpa y la ira no me ahoguen.

AGRADECIMIENTOS

A Alexander Torres, Denis Fernández, Magela Baudoin, Betina González, Liliana Colanzi, Sebastián Antezana, Keiko Oyakawa, Anabel Gutiérrez, Gladys Varona-Lacey, Alejandra Hornos, Claudia Bowles, Herlinda Flores, María Gavidia, Alex Quintanilla, Luis Miguel Rivas Granada y Freddy Arana, por sus lecturas, por sus críticas, por su fe en la primera respiración de estos personajes.

Y a mis padres.

CHARCO PRESS

Directora editorial: Carolina Orloff
Editor y coordinador: Samuel McDowell

www.charcopress.com

Para esta edición de *Tierra fresca de su tumba* se utilizó
papel Munken Premium Crema de 80 gramos.

El texto se compuso en caracteres
Bembo 11.5 e ITC Galliard.

Se terminó de imprimir en el mes de enero de 2023
en TJ Books, Padstow, Cornwall, PL28 8RW, Reino Unido
usando papel de origen responsable en térmimos
medioambentales y pegamento ecológico.